中科经典和当代文学作品互译出版项目

مشروع الترجمة والنشر للأعمال الأدبية الكلاسيكية والحديثة للكويت والصين

蝴蝶无声

〔科威特〕莱伊拉·奥斯曼 著　李羚溪 译

五洲传播出版社

图书在版编目（CIP）数据
蝴蝶无声 ：馆配版 / （科威特）莱伊拉·奥斯曼著 ；
李羚溪译. -- 北京 ：五洲传播出版社，2024. 8.
ISBN 978-7-5085-5262-0
Ⅰ. I383.45
中国国家版本馆CIP数据核字第2024B9H766号

出 版 人：关　宏
责任编辑：杨　雪
助理编辑：周晓彤
装帧设计：红方众文　朱丽娜
内文设计：王　芳

蝴蝶无声

作　　者：［科威特］莱伊拉·奥斯曼
译　　者：李羚溪
出版发行：五洲传播出版社
地　　址：北京市海淀区北三环中路31号生产力大楼B座6层
邮　　编：100088
网　　址：www.cicc.org.cn，www.thatsbooks.com
电　　话：010-82005927，010-82007837
印　　刷：北京市房山腾龙印刷厂
开　　本：889mm × 1194mm　1/32
印　　张：8.75
字　　数：240千字
版　　次：2024年8月第1版
印　　次：2024年8月第1次印刷
书　　号：ISBN 978-7-5085-5262-0
定　　价：68.00元

致所有沉默的蝴蝶

——就像困在括号里的词，只能无声

献给知己

胡达·巴拉卡特

我的蝴蝶只为你沉默，只为你绚丽。

目　录

译 序

莱伊拉·奥斯曼（1945—），科威特作家，也是阿拉伯当代最著名的女作家之一，1965年，莱伊拉开始文学创作，至今出版多部小说及短篇小说集，1986年的小说《沃斯米娅跃出大海》被列为二十世纪百部最佳阿拉伯小说之一。她的作品在世界其他地区很受欢迎，被译成英、法、俄、汉等多种文字。

莱伊拉选材大胆，作品多涉及阿拉伯伊斯兰社会非常敏感的一些话题——性、宗教与政治等等，因而作品一经问世便会引起巨大的争议，是阿拉伯文坛当之无愧集荣誉与争议于一身的“话题女王”。她发表于1979年的短篇小说集《移民》《每夜都要发生》，1980年的短篇小说集《夜里睁开眼》，2000年的半自传小说《法庭》，2003年的长篇小说《尾巴》，2006年小说《蝴蝶无声》在科威特均被列为禁书，而她本人也上了某些宗教极端分子的“黑名单”，多次被起诉，两次被判入狱。

莱伊拉出生于一个显赫之家，但父亲三妻四妾的家庭环境给她的童年生活造成了极大伤害，也正因如此，她格外关注阿拉伯社会女性问题，在她的作品中，她用极为细腻的笔触描绘出阿拉伯男权社会压迫下的女性心理，真实鲜活，引发广泛共鸣。

她的代表作《沃斯米娅跃出大海》，入选二十世纪阿拉伯最佳百部小说，作品讲述了一对门第悬殊的青年男女，迫于世俗压力无法公开相爱，在海边幽会时恰逢海边夜巡员日常巡防，情急之下女主人公沃斯米娅选择潜入海中逃避盘查，以维护自己的清白名声，却意外溺水，葬身海腹。男主人公阿卜杜拉此后数年一直处于孤独、思念与痛苦之中，并最终投海殉情。

女主沃斯米娅出身名门，衣食无忧，但阿拉伯社会传统的"深闺制度"紧紧束缚着她。"那约会就在大海，人们让她远离我们热爱的大海，他们不让她走到大海，不让海水弄湿她的脚，吹干她的发。"大海对于沃斯米娅具有特殊的象征意义，不仅意味着走出深闺、释放自我的自由天地，同时意味着渴望冲破传统约束、争取自我独立的理想王国。她对于大海的情感是浪漫的、纯洁的，充满了少女对自由天地的期待与向往，然而看似浪漫的描述，其实隐含着作者对女主人公所处境遇的现实主义反思与批判。

痴恋着大海的她并非不知道大海的凶险莫测，当她打算在大海藏匿时，恋人表示出担心，但她最终仍冒着生命危险选择大海作为藏身之地，因为若被人发现，"丑闻将加倍丑恶，沃斯米娅和男人在一起，这男人就是女贩玛尔尤姆的儿子！莫大的耻辱！”可见，真正使她遭受灾难的不是大海，而是人们因循并奉为纲常的传统陋习。

对于男主人公阿卜杜拉而言，大海有着多重意蕴：它是朋友，因为自少年时代开始，阿卜杜拉就对大海产生一种本能的、质朴的热爱，将所有的时间都花在大海之上，还把打渔当做人生志向；它是仇敌，夺走了恋人的生命，自从挚爱被大海吞噬的那一刻起，他对大海充满浪漫幻想的钟爱顷刻间被残酷现实彻底击碎，绝望、痛苦、怨恨占据了整个身心；它也是恋人，在接受了爱人逝去的事实，对大海的仇恨渐渐转化为无奈，后来母亲的逝去、婚姻的烦扰，使他变成“孤独岁月的囚犯”，只有来到大海，才能找到精神依靠和心灵慰藉。随着思念的日益加深，在阿卜杜拉眼中，沃斯米娅最终幻化成大海，大海变成了沃斯米娅，“他张开双臂，想把整个大海拥在怀中，紧紧地抱住”。

故事的最后，在幻象的召唤下，他最终选择了投海，从而“从那恐惧中解放出来”，大海成为了他生命意义的最终诠释。

小说叙事空间基本都发生在海上，对于家庭场景描写寥寥无几，文中多处运用了近似意识流式的叙事方法，较多采用了内心独白、时序交叉、联想、以及类似蒙太奇的衔接技巧，使得男主人公的思绪游走于现实与回忆当中，而海洋作为连接媒介，使得作品中现实与回忆之间的时间变换平顺而自然。

而莱伊拉于2006年出版的最新长篇小说《蝴蝶无声》，更是一经问世便在阿拉伯社会掀起了轩然大波。小说讲述了十七岁的海湾女孩——娜迪亚，被父亲强行嫁给六十多岁的商人，婚后常常遭到丈夫侮辱、虐待、囚禁，生活极其悲惨。老头死后，娜迪亚继承大笔遗产，得以继续追求曾经因婚姻而中断的大学梦，但是“宫殿”外的自由世界却不是她想象中的那样，绝望、伤心的娜迪亚再次回归家庭，寄希望于男仆身上，但是这种对未来和爱情的追求再次落空。该书涉及到阿拉伯伊斯兰社会非常敏感的一些话题，通过对阿拉伯男权社会的描写和对女性自身缺陷的审视，展示了阿拉伯女性在这个社会群体性失语、权力丧失及身体沦陷的现状，体现了作者借文字冲击阿拉伯社会男权价值观，唤起女性乃至整个社会觉醒的愿望。

书名中的“蝴蝶”，是伊斯兰社会中女性的象征，在面临社会和男性群体施加的种种不公待遇下，女性却群体性失语。小说一开头采用倒叙手法，就借女主人公得喉疾，暗示女性在社会黑暗与压迫下总是选择沉默。

女主人公娜迪亚，本是个天真烂漫的少女，被迫嫁给年老无能的富翁后，被强迫与家中奴隶发生关系，供富翁观看取乐，之后的婚姻生活中，老头还和家里的女佣极尽淫乱之事，并强迫娜迪亚在一边看，让她学习如何取悦男人。一开始，娜迪亚的反抗精神并没有强烈表现出来，甚至还抱有一些幻想和希望，但经历了蹂躏折磨之后，她开始试着反抗。然而当她求助于家庭、求助于向来温顺慈祥的母亲、以及同为女人的嫂嫂时，得到的却是她们的缄默。不但如此，她们还不断地劝说娜迪亚接受现实，不该再试图反抗。

富翁暴毙之后，年轻守寡的娜迪亚获得继承权，由此得到了大笔遗产。重返校园后，她接受了吉瓦德教授的追求，没料到吉瓦德早已结婚，只是把娜迪亚当做一个玩物。在看透名流望族的虚伪后，失望的她躲回当年“囚禁”自己的“宫殿”，爱上了昔日的奴隶阿提亚，此时的娜迪亚决定自己主宰命运，决定向他求婚。而这一大胆之举不仅遭到家人的反对与羞辱，更被已患阳萎的阿提亚本人拒绝。在小说结尾，无奈的娜迪亚对决意离开的阿提亚表达了自己的羡慕：“你已成了能够做出勇敢决定的自由人，而我不过是个懦弱的奴隶。”

书中不仅塑造了娜迪亚这样一个屡战屡败却仍勇于抗争的女性，其他的女性形象也鲜活饱满并引人深思：娜迪亚的母亲，面对其父亲的残暴专制、女儿对婚后受虐的哭诉，只能缄默不语，把自己的懦弱美化成“对丈夫的爱与尊重”；另一个女性阿伊莎，遭到兄弟的欺侮，本想找人诉说但却最终选择了自杀；还有娜迪亚昔日的老同学，一个美丽活泼、家境殷实的女孩，为了跟自己的司机结婚而选择与整个家族决裂，可婚后好景不长，她的丈夫并不如想象中深爱她，而是侮辱她、折磨她，誓要把当司机时收到的折辱加倍奉还……而这所有的女性形象，尽管背景不同、遭遇不同，但却都不约而同地选择了同一种方式去面对自己遭遇的所有：那就是沉默。

娜迪亚的母亲、朋友、嫂嫂都在各种不幸中沉默，并且要求娜迪亚也选择同样的态度，而娜迪亚却最终选择了不同立场，那就是和被奴役被欺凌的命运抗争，反抗男权社会对女性的不公。而她在一次次勇敢的尝试失败之后，结尾仍难掩忿忿不平之意，以几句未完的喃喃自语作结，关于她接下来是继续抗争还是妥协放弃，给读者留出一个想象的空间。

《蝴蝶无声》中充满着生活化的描述与场景，字字都是现实的真实写照。在阿拉伯绝对父权制文化体系以及伊斯兰宗教严格规定中，有着一整套专门针对女性的性禁，而性话题在阿拉伯主流文学中，更是禁忌语，女性作家描写性场面，则是“禁上加禁”，很多意识超前、视角独特的女作家都试图从这一方面着手，打破男性作家在阿拉伯世界的文学价值衡量准则，夺回女性在社会的话语权，莱伊拉无疑也是前锋力量之一。该小说也正以此作突破口，引起读者对女性被欺压、凌辱却又不自知的共鸣。

《蝴蝶无声》通过对社会的解构、对人性的解析、对阿拉伯男权社会的描写、对女性自身缺陷的审视，展示了阿拉伯女性在这个社会群体性失语、权力丧失及身体沦陷的现状，试图冲击阿拉伯社会男权价值观，唤起女性、乃至整个社会的觉醒。

李羚溪

2020年10月

第 一 章

医生告知时，我吃了一惊：

必须做手术！

我几乎说不出话来，惊恐地问：

“以后我的声音还能恢复正常吗？”

医生不想骗我，说道：

“不能完全保证以后会好的，至少在头几个月里还不行。”

我沉默了。

他一直在等我拿主意。我伤心沉默了很久，于是医生问道：“哦，你决定了吗？”

我摇摇头，用手摸了一下喉咙——发出声音的地方。医生清了清嗓子，又说道：

“要是不做手术，可能发展成……但愿不要那样。”

我哽咽了：

“癌症？”

他撇了一下嘴，睁开眼，用笔尖敲着桌子：

“有可能，这种情况很多，我们不得已要把喉咙切除一部分。”

我叹了口气，又摸了一下喉咙：

“大夫，我会考虑的。”

他警告我：

“别耽误了，尽快决定。”

然后冲我温和地笑了一下，宽慰我说：

“手术很简单的，就几分钟，只不过做手术之前有些注意事项。”

我正急切地想知道注意事项是什么，他晃着纤细的手指说：

“绝对不能抽烟，别让嗓子受累，最好休假一段时间，不教课。”

我挺了挺身体，倚靠在他办公桌边上，一开口悲伤便止不住向他涌去：“您肯定我的声音还能恢复正常吗？”

他用手掌拍着桌子非常肯定地说：

“当然了，不过手术后你还是得注意……”

我笑了，抢在他前面说了第一个注意事项：

“我知道，戒烟！”

他也笑了，“聪明！你哈，你知道的，这个坏习惯就是你生病的原因。”

我急切地问道，焦急之中带着害怕：

“还有别的注意事项吗？”

他的声音很平缓：

“有两个星期你不要说话。”

我焦急地问：

“一种新的沉默？”

他很惊愕：

“以前做过手术？”

我微笑道：

“没有，不过我以前是另一种沉默。”

他似乎放心了，就算你有经验，还是要遵守这些注意事项。

我提醒他：

“然后呢？大夫……”

“然后，夫人，你需要逐步练习直到慢慢可以发出声音。有专门的大夫来做这项工作。”

“治疗要很长时间？”

“取决于你自己，你得做到不抽烟，最重要的是不说话。”

我有一种想哭的冲动，似乎有只粗糙的大手伸向我的脖子，第二次掐住我，让我说不了话。这一刻，想起了在老头儿豪宅里度过的少女时期那几年，在那儿我不得不沉默。那种沉默，偷走了我生命中最美好的年华，然后让我继承了财产。现在这种沉默又将偷走我两个星期，让我恢复健康。虽然沉默的原因迥然不同，但结果都是我不得不沉默。

我离开诊所，像往常一样小跑着从三楼下了楼梯。各种思绪在脑海里沸腾，还有害怕：我该相信医生吗？他做手术时会不会很仔细？万一他失手，切除了声带上不该切的部分，我会不会永远失声？

我到了自己的汽车旁，上车一关上门就开始嚎啕大哭。里边的高温炙烤着我。热闹的大街上阵阵喧嚣朝我涌来，跟我内心抑制不住的惶恐混合在一起。我竭力不让自己如此软弱。我转动发动机钥匙，把车开了出去。回到自己的小公寓——这是我的世界，离开那座黑暗的豪宅跨进自由大门后，为自己找到了安顿的天地。

第二章

从第一个夜晚开始，他便想给我一个教训。当时在他的豪宅梦幻般的卧室，我正窝在柔软的沙发里。

他扯下头箍，光秃秃的脑袋像不锈钢一样锃亮，他转过来看着我，声音中没有了温和："听着，从现在开始，你得养成习惯，少说话，家里的秘密是不可以泄露的，哪怕从针眼里。"

我还没明白他的命令是什么意思，这就像一种暗暗的威胁。我差点笨嘴笨舌地问"你担心的是哪种秘密？"我幼稚地以为跟一个有他这样地位、年龄的男人说话应该合乎规矩——这个男人到此刻为止对于我还是陌生人。但我没吭声。

当时我身上还裹着嫁衣，这嫁衣比沙袋还沉重。

几百颗闪亮的珍珠和宝石点缀在绸缎上，后面拖着五米长的后摆，后摆上面镶嵌了更多的珍珠宝石，珍珠宝石如光环般围绕着点缀了小银珠的玫瑰。头上的钻石头冠沉甸甸的，在水晶吊灯下闪闪发光，就像一顶长满荆棘的帐篷，漂亮的树叶覆盖了四周，向地面挥洒着光芒。我的整个身体都没能幸免于各种重物：手镯、手表、耳环、戒指，这些东西我从没想过有一天会戴在我身上，不过那是我妈的梦想。我的梦想局限于一块小得可怜的天地，一个小小的家，一颗比所有豪宅都宽敞的心。

他拖着缓慢的步子朝我走来。驼背压得他抬不起头，下巴几乎碰到胸骨。我越来越害怕，就像受困的黄蜂，在心里奔跑跳跃，想用它们的针扎进我的身体，摆脱这场呼啸的风暴。他每向我走近一步，我的心越发跳得像被击打的非洲鼓一样疯狂。他站在我面前，我的眼睛一直在流泪，竭力避免看他的脸。他的手朝我伸过来，纤细的食指抬起我的下巴，我们俩对视着，他严厉地命令我："看着我！"

我的眼皮发沉，但是这个命令却让我不得不看着他。他那张脸如同当头一棒，让我越发抖得厉害。一大堆软塌塌的肉贴在骨头上，太阳穴像两个坑，鼻子像枯萎的甘蔗，两只小眼睛瞳孔泛起蓝色的水，两片松垮的嘴唇咧出一丝笑，露出假牙，他刻意装出些许温和：

"哦，但愿你对我还满意？"

我闭上双眼，有那么一瞬间我试图撒谎，想找到一个词奉承他，竭力想穿越我 19 岁春天与他 60 岁秋天之间的距离，可惜我的舌头僵住了，内心烈火熊熊，巴望这些火舌能够跑到我爸妈那儿去。是他们让我从这个家族得到一口吃的，这个家族财富与疾病世代相传，呼风唤雨随心所欲。他盯着我月亮般的脸庞，眼睛昏花，看不出自己买了什么货，也没法估价。我以为他会弯下身子亲我的额头，就像埃及电影里面新郎那样，亲吻我娇嫩的脸，然后听从初夜欲望的驱使。他只是动了一下大拇指，大拇指粗暴地碰在我的嘴唇上，我还以为他想抹掉我的口红，要看看我的嘴唇原本是什么颜色，他的声音打断了我原本的预料：

“嘴巴长得挺漂亮，但要是说了什么，我就把它剁了！”

我打个寒战，感到肚子里翻江倒海，我得上卫生间排泄这股害怕的暗流，我想起身，但他的手掌压在我肩膀上再次把我搡回了沙发，接着说：

“晚上的秘密，绝对不能有人知道。你得学会少说话，养成习惯。”

沉默，是不是有一种语言，我必须学会？是不是有一种颜色，我必须习惯？

我飞快地连续点了几下头，告诉他我明白了，我答应了。

他露出胜利的笑容，抛下我，朝卧室门口走去，打开门，然后命令道：

“把衣服脱了，准备睡觉，我就回来。”

我接过他的命令，就像吞下一支锋利的长矛，他却一直像被钉在门口一样等待答复，以确定我会听从命令。因为害怕和悲伤，我的舌头打了结，笨拙地动了一下：

“遵命。”

他随手关上门，出去了。

他以威胁的口吻宣布马上回来，似乎担心他一转身，我就变成一只蝴蝶，逃出宅子。望着门口，我多么希望它卡死，打不开；盯着紧闭的窗户、厚重的窗帘，我多希望它们把整个世界遮挡住，让我看不见。我就像一只几乎被压碎的小虫在垂死挣扎，一直在沙发上动弹不得。豪华房间里的一切就像粗大的绳子捆绑着我，我感到一种可怕的沉默从天花板上垂落下来，如同炉子熄灭后的冷灰，在房间里很快扬起来，落在无法对抗黑暗的几缕光线上。黑暗渗透了我的灵魂，彼此交织在一起。我想拼尽声音，哪怕只能发出一次呐喊，摧毁这座宅子，直面旷野，哪怕在其中死去。然而，喉咙却让我无能为力，舌头也不知所踪。我竟然以为在他离开房间之前，我的舌头被他割断了。他的话一直在我耳边嗡嗡作响："你应该养成不说话的习惯。"

他们所有人都命令我不说话，我妈跟我意见不一致时，哪怕只是我的私事，她也要把食指压在嘴唇上，说"闭嘴，听我的。"我爸有特别的方式，他用沉默发号施令，一旦从我脸上察觉到反抗苗头，他便拍着巴掌，我就得把话咽回去，把声音吞下去。我哥也好不了多少，每次看到他跟他老婆吵架时，出于对他俩的爱，我试图说点好听的话让他俩平静下来，结果他的火气反而更大了，转到我身上来，冲着我吼"闭嘴，不要插手"。此后我不敢再让自己的一番好意介入他俩之间。就连女教师，原本应该作为一名令人尊敬的保姆，也很烦我反复跟她辩论，她用各种方式惩罚我，让我学会沉默。

我讨厌沉默，却一直寡言，直到我爸告诉我他决定把我嫁给这个富有的老头儿。这一决定太可怕，以至于我得到了莫名的勇气，开口了：

"我不会结婚的，我要上大学。"

"你不会上大学的，你会结婚的。"

我心痛得如狗一般狂叫起来：

“这么一个老头儿！”

我妈干预了：

“你爸是为了你好。”

我胆子大了，顶了回去：

“他是怕拒绝了就影响自己的工作，得不到好处了吧。他在卖我，你是同谋。”

我爸忍不住了，怒气像狂风呼啸起来。他抓住我，劈头盖脸狠狠地打我，我哀求我妈，她却没有丝毫母性。我浑身瘫软无力，我爸抬起我的脸，用他的两根手指压在我嘴唇上，使劲拧，拧到了我灵魂的神经，他的恐吓喷出来：

“从现在起，到你出嫁那天，嘴巴要是闭不上，我就剁了这张嘴。”

他朝我扔下了这块大石头，他决定了。大石头狭窄的细缝里，抽拔出我走向那座宅子的命运。

我费了好大力气才脱下结婚礼服，摘下跟一缕缕头发缠绕在一起的头冠，我把所有的重负扔到箱底，穿着我妈下令必须在第一个晚上穿着的衣服，她似乎故意刺激我一样：“穿红的黄的，亮色对他那样的男人很刺激。”

我坐在沙发上一声不吭，干燥笼罩着嘴唇，不给我呻吟、为灵魂辩解的机会，灵魂跌入衰迈之中，无人过问，包括自己的母亲！我感到灵魂遁然远去，剩下的生命已经不再有汩汩清泉或阳光雨露。

我只听得见骨骼轰然作响，几乎将我粉碎、让我跌跌撞撞。

我多么希望这种情况发生，幸免于眼前等待我的一切。

门轴粗鲁地转动了，我吓了一跳。他进来了，就像从一面旧墙里钻出来的妖精。他也不关门，径直朝我走来。我忐忑不安地等待着自己全然不知的东西，他看着我，搓着两只手，试图驱散突然袭来的寒意，竭力掩饰颤抖的声音，他命令我：

“去床上躺着。”

我动作慢了一点，并非故意的，我需要成千上万只手把我从僵硬的沙发里拖到更残忍、更冰冷的床上。他的声音变调了：

“你没听见？”

话音刚落，他便走过来，手插进我的腋下，把我拽起来，我艰难地朝床移动，完全感觉不到还有两条能活动的腿。他有没有力气把我吹起来，让我飞？或者我本来就是一根飘浮起的羽毛，一直在飞！

我躺到床上，如同一只备好的祭品，等待锋利的牙齿和树枝般的手臂。我把身体盖住，一直盖到脖子，瞪着天花板，希望天花板从我头上坍塌下来，或者突然裂开一个大口，让一只大鹰看见我，把我叼走。

我整个人在发抖，灵魂一阵阵收缩发紧，热泪滚滚落下，灼伤了脸颊也顾不上擦拭，我想如果他心生怜爱，花朵颤抖时他会轻轻打开绿叶，给我时间习惯，让猎物适应猎手。

他朝床边过来了，贴着我。我的目光尽量避开他，他抡起巴掌打我的脸，我盯着他，他两眼像受伤的巨狮的眼睛，在年少的猎物面前他意识到了自己的劣势。他挪到床中间，突然抓住我的胳膊，拉开，发狂地压住，我丝毫动弹不得，非常惊恐，他到底要干什么？！我想大喊，他冲着我喘气，严厉命令道：

“闭嘴！”

他的脸凑过来，一直跟我的脸离得很近，直到他肯定我吞进去的声音绝不会盖过他的喊声，才扭头看了一下门口，喝了一声：

“进来。”

尽管害怕，好奇还是占了上风，我略微抬了一下头，看看被命令的人是谁，谁将进入我们之间，在这个本来只跟我、跟他有关的夜晚？让我吃惊的是一个巨人般魁梧的奴仆冲了进来。他来到床边，开始脱衣服！我完全懵懵懂懂，不知道眼前发生的是怎么回事。看到奴仆在我面前脱得精光，肌肤因为汗珠而泛着光泽，我愈发惊恐，此前我从未见过男人的身体。

似乎有那么一瞬间，我有些晕厥。我看到过我弟的身体，那是每个星期我妈把我们放进浴缸洗澡时，她一直非要我用一块小布挡住羞处，却不管我弟。她先给我弟洗澡，洗完后用毛巾裹着他，叫他出去，到床上等着，直到给我洗完。给我洗澡时，她让我拿下遮羞布，轻轻地、柔和地给我擦洗。她给我弟弄得满脸香皂泡泡，我弟紧闭着眼，我开始偷偷打量他的身体，没发现我们的身体有多大差别，除了我妈允许他露出来的那个部位。

有一天我抗议了一下，她立马生气了，皱着眉头说姑娘的下体除了丈夫以外的人都不能看的。

听见老头命令奴仆的声音，我回过神来：

“开始。”

奴仆走过来，我尖叫着，老头越发用力了，疯狂地压住我两只胳膊，用干瘪的手掌捂住我的嘴，让我出不了声，而我的两眼慌乱得根本合不上了，瞪着奴仆的脸，他两只发黄的眼睛很亮，又走近了一些，拿走了我的丝绸盖被，开始脱我的衣服，我拼命抱紧小腿阻止他，但是，他力气大，很快控制了我，让我立马浑身无力。他像烈火般吞噬着我，让我窒息，甚至喉咙分泌出液体都充满了各种苦涩的滋味。

不知道我的叫喊怎么开始回荡的，似乎积压了成千上万次被堵住的叫喊一下子冲出来了。老头儿的胳膊压在我脸上，我感到快要窒息了，要死掉了，奴仆的喘气声溜进了我耳朵：

“叔叔，您请。”

老头儿放开我，让我从他沉重的身体、他的气味中摆脱出来，我清醒了一点儿，两眼捕捉到了奴仆，在准备好美食之后他朝主子弯着腰，收拾自己的衣服，拿在手里，光着身子出去了。

我妈怎么说我丈夫是唯一可以看我私处的人？她骗我！我感到对她无比仇恨！真希望她在我面前，我冲过去，用我带着血色的长指甲掐住她的喉咙，抓破她的舌头，冲着她吼：“你那个地方让除了我爸以外的人看过吗？”

我护住伤口，蜷着两只小腿贴着肚子，上面沾着斑斑血迹，感到很疼痛，不住地呻吟。好渴望有片刻打盹的时间好忘掉目睹和承受的一切，打个盹儿能让我进入无人堵住我声音的梦乡或空间，我要喊……我要变成……

我幻想能让那个打盹的片刻变成永恒，然而想到自己即刻成为老头儿要来吃的第二顿美餐，我身体颤抖起来。他一直等着紧闭的城堡大门为他打开。他过来了，跟奴仆一样光着身子，我看见了他丑陋不堪的身体，松弛的皮肤耷拉在早已被岁月腐蚀的骨骼上，就像一块打湿的旧布。我支起身体想从床上逃走，然而我太虚弱了，被他一把抱住，他压在我身上，一脸黯沉对着我，蛮横的目光直视我的眼睛，如同一只饥饿的老虎捕获美味后张牙舞爪、舔吸着她的血。我闭上眼，为了不看他。

我的嘴唇绷得紧紧的，免得被他嘴里的痰液溅到。我所有带着光泽与芬芳的嫩叶都收缩起来，为了避开他的气味。我整个人都绷得紧紧的，听见他的骨头咯咯作响，他爬在一具尸体上耕耘着，恶魔般的奴仆已经事先挖好了坟墓。他折腾了很久，终于到了胜利一刻，发出了享受的嘶喊，我却像碾碎的月亮熄灭了所有的光芒。

我把头埋在丝质枕头里，压抑之中流尽了啜泣和叹息。他又过来了，抓起我散乱的头发，弯着腰，两只小珠子一样的眼睛瞪着我，喉咙里冒出声音：

“不许哭！我讨厌女人哭。”

我没理会他的命令，当时我像一朵卷积的乌云，被闪电点燃，被雷声推动：

“我讨厌你。”

他扬起巴掌，朝我的太阳穴狠狠地打来，顿时我眼前冒起一片黑星，他暴怒的声音在轰鸣：

“从今天晚上起，把你的声音和眼泪都吞进去。”

我咽下了自己的声音、苦涩眼泪和哀叹。就像蛆虫侵蚀一具尸体一样，他吞噬着我丝绸般的身体。我感到自己被啃食了，浑身疼痛，肺部被宅子的气味熏灼着。在这种气味里，四周墙壁呼吸到的只有疾病的气息。静止的雕像似乎嘴巴大张，打着哈欠，历朝历代的锈蚀渗出来。没有一人进来带给我一丝美好，没有一只鸟来敲围得严实的窗户。我无法与任何事物建立起关系，包括女佣们，我感到她们像刽子手准备随时奉他命令来鞭打我。

周围一切都安静下来了，我不再能感觉到太阳的温暖，也感觉不到夜里月亮的温柔，夜晚伴随我的是烦躁和伤心，连宅子周围茂盛的花园散发到我灵魂的也只有憎恶。我坐在绿油油的嫩草上，感到有根刺扎进我的肉里；抚摸着各种各样的花，觉得它们都像我一样无色无味。只有贴在花园高大栅栏旁生长的仙人掌上，我才能闻到气味，想起我爸每个月来看我时，唯一一次在我耳边说的悄悄话，他似乎看出了我过得很艰难：

“要学会忍耐。”

要不是当时老头走过来，我会对我爸说如何恨他：

“你就想我活成这样子，仙人掌，忍受饥饿干渴。”

我很饿很渴，被剥夺了一切，像一只孤零零的羚羊，需要母亲的怀抱，需要人类的声音跟她说说话，怜悯她，抚摸她负重的背。

这座宅子里所有给我准备的钱财、衣服、珠宝一文不值，我唯一的梦想就是有一天粉碎那些栅栏，逃向充满仁爱、有滋有味、放声唱歌的生活。

想到娘家，那儿闹腾不安，我哥的孩子们嬉笑、打闹，他们围着我，拿着我仅有的一点宝贝东西玩，在我的纸张、教科书上涂涂画画，把我的枕头扔来掷去，穿着我廉价的高跟鞋。然而老头不让我回去看看家、看看家人，只允许他们每个月来一趟，而且必须他在场时娘家人才能跟我坐在一起。我不能冲着我爸喊“你让我活受罪”。对父母的反抗在心里积压，变成了趴在胸口的火焰山，燃烧得越来越凶猛。一天夜里趁着老头从我的身体强行快活时，我乞求他：

“我特别想家，我求你，让我去看看家人。”

我就像往一堆在汽油里浸泡过的稻草扔了一根火柴，点燃了他的怒火：

“你们这些穷人家的女孩，就享不了福，活该呆在穷人家里！”

“他们怎么说也是我的亲人，你不能让我跟他们隔绝。”

“你要是再提一次这种要求，我就剁了你的舌头！”

我在他面前屈服了，泪水簌簌滑落，向他哀求着保证：

“我真的绝对不会说半点我们的生活。”

他抓着我的头发，几乎把几绺揪下来，冲着我呼哧：

“我们生活怎么了？你活得跟公主一样。”

“我求你了，对我慈悲一点儿，别太狠心了。”

他一边推我，一边吼：

“闭嘴。”

他扬起巴掌朝我脸上打来，打了耳光之后吐了一口恶臭的浓痰，接着朝门口跑去，放声大喊着一个女佣过来。女佣迅速到了，他便命令她去叫奴仆。不到一秒钟奴仆便如同一道黑色闪电来了。这是第二次他冲进我们卧室，还是算作第一次？老头儿会不会命令他骑到我身上，惩罚我提出那个要求——被他视为滔天大错。我正在疑惑之中，他已开口命令奴仆拿鞭子来！

奴仆很奇怪，就像有股狂风推着他……鞭子！……天哪！他就是那个我看见他在牲口背上颠簸上下的人？现在他的鞭子要落在我丝绸般娇嫩的身体上，把它撕裂？我顿时失去了理智，跌跌撞撞到他面前，就像一只即将被宰的母鸡，哀求他，求他宽恕，然而不管怎么努力，他还是使劲踢我，声音变得更加残酷：

“你就见识一下黑暗是什么样吧！”

奴仆推门进来了，鞭子在他手里荡来荡去，我偷偷看了他几眼，希望他的人性苏醒，反抗他主人，跟我联合起来反抗欺压。他的脸上露出些许悲伤和歉意，不过很快就向我这边走过来。我意识到他的内心对我没有丝毫的敌意，而狗只习惯于听从主人的命令。我朝窗户边跑过去，抓住栏杆，然而他的力气更大，拖住我，野蛮地把我扔到地上，开始执行恶魔主人的命令，拿着鞭子在我身上来回抽打，就像我跟他之间有着不共戴天之仇。他对我每一寸肌肤的抽打都能碾碎我的人性，扼杀我的灵魂。他一直不停地鞭打我。我感到它闯进了我的记忆，剥开了记忆的外壳，再也记不清我是谁，我为什么会在这儿？我只是像一条受伤的狗一样不停地喊，哀求怜悯、原谅、宽恕，可是怜悯的绳子从奴仆手里、老头心里断了。我整个人都崩溃了，声音飘忽了一会之后便彻底消失了。

我不知道奴仆什么时候把我从鞭子下释放出来的，扔下我在房间地板上。

我被打得遍体鳞伤的身体因为一道道伤口发出呻吟，融化在泪水中的脸庞发烫。灵魂，被疼痛绞碎了，还要面对屈辱与仇恨。我无声的恸哭遍布了身体所有的裂口——被鞭子抽打得斑驳陆离的裂口，在微弱的心跳和说不出话的舌头之间，我奄奄一息地睡着了。

之后那个夜晚很长时间内都让我感到眩晕。两个月过去了，虽然伤口一直疼痛，但老头儿没走近过我，我也没见过他的脸，这让我感到轻松。女佣们帮我擦拭渗出的液体，用热水消肿，涂抹药膏。我就像一个残疾孩子，身体被她们翻来翻去，她们观察我的伤口，听着我呻吟。她们不时安慰我一下，数落我太顽固，劝我要忍耐、要现实一点。然而我再也不能忍了，亲人们全然不知我的悲惨，老头儿不让他们来看我，我的心扑腾着，等待曾经落下的太阳来照亮我，让我不再生活在黑暗之中。尽管他们的手被卖掉我的钱弄脏了，我还是需要亲近他们。

我渴望敞开紧锁的心扉，粉碎舌头上硬化的肿块，让他们知道我承受着怎样的种种虐待，这些虐待摧残了身体，毁灭了人性。我让他们心生怜悯，把我从这一潭死水的井里、孤独的泥泞里救出来。我很肯定他们绝对不会向我伸出救命的绳子，因为他们就像我一样害怕那个老头儿。除了大脑自由，我一无所有，只能让它带着我做着逃跑的梦，梦想在死亡的黑暗裹走我的生命之前逃走。我为什么让他在他的宅子里操控我的人生、扼杀我的灵魂、几乎掐死我美好的青春？

时间飞速流逝！我被羁押在日日夜夜的黑暗里，只剩下忍耐与沉默，游弋在梦的天地，而梦飘荡在时间的阴霾里，让我找到了一种逃避方式。然而任何方式都会被察觉，所有挣扎都是徒劳的，我被压抑的生命仅仅在偷偷祈祷时才能呼吸，我祈祷某种奇迹出现，结束对我的折磨，释放我的声音，把我从这座坟墓带走，远离要夺走性命的“沉默”。我应该振作起来，振作沉重不堪的灵魂，让自己能有奇思妙想，制订一个稳妥的计划。

就是那个大力士奴仆，铁门——仁慈大门——的锁在他手里，他主人一出门，他就赶紧锁上，等到主人回来的铃声响起，他才会打开。

我在头脑里编织计划，我开始到花园里去，在阳光明媚的春日散步，看着花匠打理各种植物，我在旁边看着，他修剪小树苗，把一些枝丫扔到地上，我感到他似乎在折断我的翅膀。我阻止时，他笑了，说：

“一些病了坏了的枝，要是留着的话，树的根基都长不好了。”

“没办法治吗？”

他继续修剪枝桠，工具“咔嗒咔嗒”的声音跟他的声音一起闯进我的耳朵：

“一定要剪掉，会长出新枝的。”

我把手臂交叉着抱在胸前，两只手掌轻轻抚摸着肩膀，拍打着我的梦，修剪我的枝桠。

后来有一天，花园里的轰隆响声把我吵醒，我从床上跳下来，拉开窗帘，目光落在园丁的工具上——正在割草的机器，我之前从来没注意到这个。

梦想让我感到，似乎那个工具割掉的是我的生命，切断的是我闪亮的梦想，把它们当作没有生命的东西堆积在一起。我一直看着这个场景。

我回想起在我爸家、在学校过得自由自在那些年，都变成了一堆堆干草。

从花园里出来，呼吸中似乎有割草的味道。走到像小山一样的草堆前，蹲下来，抓起一抔草，凑到鼻子边使劲地闻了闻它的芳香，我偷偷念叨："这些草能在这围墙外面找到自由，我也是！我一直是被遗忘的黄草，哪只手能够把我从这块土地上拔走？"想起自己的悲惨，我感到悲伤，我难道让梦想荒弃？花匠的声音随着他的身影和肚腩传过来：

"对不起，太太，我会把这些草堆清扫走的。"

我坐在花园中间支起的太阳伞下，脑海里翻腾着几百个念头，蹦跳着几十个能让我解脱的设想、计谋。逃跑的念头越发强烈，一定要趁热打铁，否则就无法实现梦想，枷锁就会一直束缚自己，不知到什么时候。

一有机会我就在花园里散步，跟花匠聊天，问他花的种类、寿命、花期、每种花需要浇多少水，找他教我怎么剪枝，当我把手伸向蔷薇刺时，他教我怎么摘花时避开刺。

“你得学一下怎么采摘，这样……”

他伸出两个手指，从花下部摘下花，用剪刀剪掉花枝下部，手都刮出了血，没事，坚持再试一下，领会了要领，学会了。花园给我的灵魂带来了些许安宁，我变得像一只渴望芬芳的蝴蝶与花儿缔结友谊，之前我只跟仙人掌交往。

我必须赢得奴仆的友谊，此外别无他法，只有他手里掌握着让我解脱、让灵魂自由的出路。事情似乎很难，对付这个对主人言听计从的人需要费很大力气，我要让他听从我一次“打开门”。我看见他一直顺着围墙转，高高的个子几乎跟围墙一样高，时不时偷偷瞅我几眼。我总是立即报以温和的微笑或是友善的目光。

我应该开始行动了，身上伪装的大袍，走过去暗示他我已经习惯了他主人的囚禁，对此很满意。

那天我走过去，问了一声早安，他回应了，他不敢相信主人放下架子向他问候。他走得更近了，他在旁边站住时，我开始拨弄树枝，非常柔和地问道：

“你从什么时候开始伺候主人的？”

他的微笑掺和着屈辱与悲伤：

“打从我妈肚子里那天起。”

他的声音传进我耳朵就像一阵悲哀的浪潮呐喊，像苍蝇温和地嗡嗡，不像我爸尖锐的声音，也不像老头儿嘶哑的声音，他的回答让我很意外，激起了我的好奇：

“你开玩笑吧？”

他皱起眉头，眉毛之间的皮肤皱起来：

"没有。"

"给我解释一下吧。"

"我爸妈都是主人的奴仆。主人，让他们俩结婚了。这样我从在我妈肚子里开始，也是他的奴仆。"

"啊……我明白了……你……"

我把问题咽了下去，盯着他，仔细地看他的脸：

两只大眼睛有些呆滞，鼻翼宽大，鼻孔朝天，耷拉着的两片厚嘴唇不乏美感，不过黝黑的皮肤表明他生来就是奴仆，额头和腮边泛着黄褐色，脸庞虽然黑，但是好看。我跟他说话时，一直盯着他看，尽管他最初对我的所为凶狠，我还是怜悯他。我长时间盯着他看，他低下了头，垂下眼帘时，睫毛显得又长又密，要不是他开口问我，我都忘了自己策划好、努力实施的计划：

"您有什么需要我效劳的？"

我摇头否认了，他两眼看着我，带着欲言又止的困惑，我继续开始游戏：

"你觉得自己生活得很幸福？"

"你缺什么吗？"

他的反应让我很恼火，他真的认为什么都不缺，还是觉得自己没有地位？我问他：

"你自在吗？"

他突然怪笑了一声：

"你觉得我是被关在笼子里面？"

我感到他在嘲笑我，想唤醒一个迷失的灵魂，我是不是在徒劳？他是不是没有意识到自己是生活在生活边缘的人？没有价值的男人，主人得到他就像继承土地和钱财一样。他是在害我，还是他真的感觉不到被囚禁的滋味？因为他已经习惯了这样的生活，彻底屈服了。

我又抛出了一个问题：

“你爱你的主人吗？”

他脸上露出惊诧：

“我为什么不爱他呢？”

我感到恼怒，目的已经让他看出来了？主仆之间会有爱么？难道他不知道世道变了，他有权利获得自由？为什么感觉如此迟钝呢？树从生到死一直在老地方，枝桠能让老根焕新？他或许接受了命运的安排，对现状很满足。他的梦仅仅就是找到一个让他有地方安身、给他吃肉的主人……还有把他老婆初夜的身体赐给他！我是不是他接触的第一个身体？是不是他的第一次享受？此后他是否感到自己有权支配自己的身体？他上哪儿发泄自己的压抑？

我不想让自己陷入更多无聊的追问中，便起身走了，思绪还萦绕在他混沌不清的世界里，更加怜悯他了，他跟我一样是个囚犯，不能掌控自己，我为什么担心他甘心屈服于命运，去搅动他平静的湖水？如果他原本不懂得个人自由意味着什么，又怎么可能明白我对自由的渴望？我感到自己战斗的第一个回合差不多失败了，却坚定打算不放弃希望。

夜里，重重沉寂包围着我，到此刻都不知道他姓甚名谁的奴仆浮现在脑海，我开始想象适合他的名字：穆尔坚、安特尔、米斯巴哈、法尔罕……

几天后我第二次接近他时，吃了一惊，他的名字居然是阿提亚！

“为什么他们给你取这个名字？”

他微笑着：

“我妈妈之前多年没怀孕，等到怀上我了，她说这是真主的赏赐，我就叫阿提亚了。”

“阿提亚，你喜欢这个名字吗？”

“我为什么不喜欢它呢？”

又一种愚昧让我惊诧！他总是逆来顺受，我试着刺激他：

“我的意思是，你有没有想过名叫穆罕默德、夏欣、哈桑之类？”

同样的愚昧：

“有什么区别呢？就是一个名字嘛，人好好的就行了。”

我抬起的手放了下来！这个阿提亚是不会、也不肯试着明白我的，他会一直不懂我的任何想法。

此后，各种话题，我跟他随便聊几句就适可而止了。每次我见到他、跟他说话，他表现出来的那种满足让我高兴。我感到有种力量驱使我听他的声音，似乎我填写着从遥远梦乡里听到的曲调。过了一些日子，他变得更温和一些了，更放得开了，开始问一些幼稚的问题，似乎更重视我的存在，跟我聊起他父母时，两眼泛着泪花，我鼓起勇气问他：

"你想他们吗？"

"特别想……感谢真主，他们已经死了。"

"真的吗？！你希望他们死啊？"

他点点头：

"他们解放了。"

"从什么解放了？"

"主人当着我的面用鞭子抽打他们……我看见他们很痛苦，浑身是血。"

他奉主人之命鞭打我的那一刻立即浮现在眼前，血液里翻腾着对他的痛恨，我提高嗓门说道：

"你痛恨那样对待你爸妈，但是你却那样对待我。"

他站起来，鞠躬，抓住我的手摇晃着，带着哭腔说：

"太太，原谅我。"

我趁机激发他对主人的仇恨：

"你接受你主人的这种欺压吗？那时那个声音，你没想起你妈的命？"

他顿时泪如雨下：

"太太，我们是奴隶，不能违反主人的命令，我当时很难受。"

我用手轻轻地拍了一下他的胳膊。感觉到他舒缓放松了，我想抓住这个机会：

"你没想过？我多么想念我爸妈？"

他连连点头表示肯定，我很高兴，然而他让我立刻沮丧：

"你应该听你丈夫的。"

我吼道：

“可这是欺压……欺压……你明白吗？”

“我明白，太太，但是没办法。”

我胸口求生的鸟儿又开始扑腾着翅膀，我走近他，用缓和的声音说：

“你有办法能帮我。”

原本站着的他立即跳起来，让我觉得跳出了几千米远，我等着他平静下来：

“对！阿提亚你能帮我。”

他发出疑问，似乎想自己真的能帮上：

“怎么办？”

“你主人不在家时，你让我出去看看我家人。”

他几乎不敢相信似地瞪着我，慌乱得快要发狂了，张着嘴说不出话，眼神喷射出内心的慌乱，他转过身对着树，似乎害怕树上的鸟儿听到了出乎意料的这番谈话。他压低嗓门，几乎耳语道：

“太太，您在说什么？他真的会把我宰了，把你也宰了。”

我想说服他：

“阿提亚，他不会知道的，我悄悄出去，一小时后就回来了。”

他神经质地摆着手：

“不……不……不可以！”

他走远了，脑袋还在摇晃着，就像“拨浪鼓”一样。

我第二次败下来了？是不是注定只能呆在树叶、树枝、干渴的世界？

他的断然拒绝折断了我的部分梦想，担心他会非常害怕我这种想法，避开我或者不跟我说话，我会失去他的信任，也不会再因为我放下太太的架子而欣喜。

夜里，沉寂的吱吱声在我周围响起，发出嘶喊，就像一扇扇门被打开被关上，老头儿的呼噜声传到我耳边就像恐吓信。他发现了我的计划？我提心吊胆地度过了一个混乱疲惫的夜晚，阴森森的房间里我只看见了阿提亚的脸和晃动着无数个“不”的脑袋。我彻夜未眠，焦虑地等待着早晨降临，想确定阿提亚依然如故，对我的恐慌没有像溃败大军来袭击他，我还没有输掉梦想的第一步。

“早上好，小鸟……”

“叽、叽、叽……”

小鸟按照平日清晨的习惯回答，我向它吹口哨，它在笼子里蹦跳着，轻轻地拍打着翅膀跟我呼应。自从它开始习惯我的声音，不再害怕以后，我跟小鸟的关系日益深厚，它是我家人第一次登门时嫂子送给我的礼物，她夸赞它“声音奇妙，比音乐还好听，给你带来开心的”。然而小鸟却没这样，就算我使尽了所有办法，它总是一声不发。我靠近笼子，它便躲到一个角落，我用指尖轻轻敲笼子，它抖动身体，羽毛扑落，像一个疲惫不堪的人偶尔蹦一下。我把手伸进笼子里，给它加点谷子和水，它缩到一旁，一动不动，直到我走开。我耐心地等了很久，盼望能听到它奇妙的声音——让嫂子的心意没有白费。她为了讨我欢心，把自己的小鸟送来。我试了多次，都没能成功。那天清晨老头儿碰了我之后，我整个人都感到恶心极了，我没靠近鸟笼，没去添加谷子和水，没吹口哨，没敲它的门。突然，寂静的房间里响起了被囚禁的啁啾，搅动了我熄灭的灵魂、濒临死亡的身体。我感到整个世界都打开了窗户，我的房间里仿佛涌入了几千只鸟儿，我不相信听到的旋律发自它的喉咙，鸟儿跳跃着，不像以往胆怯地悸动。它是不是看到我痛苦很高兴？还是想让我靠近它，它想看到我？我想，是走近呢，还是一直躺在原地？听到它第一次发出声音，我很欣喜，却又担心如果我接近它，它变得焦躁，闭上嘴，我就再也听不到这么令人惊叹的音乐了。我想等到它累了，安静下来，我再靠近它。如果它想见到我，就继续啁啾；如果它高兴是因为我离得远，便会闭嘴。我应该考察一下它的意图。我缓缓地、小心翼翼地站起来，一步步从容地走过去，它仍然释放乐曲，我到了附近，用手掌捧着鸟笼，它还在鸣叫。我打了个口哨，它也发出一声鸣叫，我又重复了一下，它呼应了。我很兴奋，感到喜悦潜入心底，渗透全身血脉。自从那天它给我干枯的日子注入喜悦后，就一直啁啾不停，直到我熄灭了房间里所有的灯。我们成了朋友。我每天给它添加谷子，它熟悉了我的手掌，有时不等我把谷子放到专门容器里，它便落在我手上开始啄。我逗它，试着抓住它，想感受它的温暖，驱散些许自己身上的寒意，它会顺从，一会儿后跳到笼子中间的木板上。我经常坐在它对面，它继续欢唱着，鸣叫着，我很困惑：它的鸣叫是为了什么？它的翅膀为了谁而飞翔，奔向光明，热爱歌唱？它怎么会像我一样孤独，没人陪伴？难道它不觉得悲伤选择沉默？它是否习惯了被囚禁，愿意以忍耐为生，用自己精通的方式自娱自乐？它对自由的梦想已经破灭？还是这种叽叽喳喳的曲调就是它被扼杀的梦想的碎片？它已经忘了大树的枝头、温暖的窝？那些啼叫难道不是想飞出去的哀求或祈祷？

一天早上，生来痛恨囚禁的灵魂驱使我放了它，我把房间所有的窗户都打开了，太阳很温暖，天空蔚蓝纯净，轻拂的微风带来花园的清香，所有对自由的向往都得以实现的一天！我打开鸟笼，把谷子和水放进去，让门开着。我坐着等，满心以为它会从鸟笼里飞到某个窗户，唱着歌兴奋地逃走，可是很意外，它从笼子里出来，在房间各个角落飞来飞去，起起落落，啼叫着，落在床头柱子上，又飞走；落在沙发边上，又飞走；盘旋之中甚至沿着敞开的窗户飞，却没飞出去。后来它似乎飞累了，一头冲进笼子里，安静下来。它、阿提亚、我，三个被束缚的生命，我给它打开了回归天地的门，它却拒绝，终究回到笼子里。阿提亚并不想从主人那儿得到解放。而我，只有我的灵魂痛恨被束缚，梦想着敞开的窗户和大门，梦想着拥有一副比秃鹰更强大的翅膀。

他擤了两次鼻涕后，转过来对着我，我做好准备迎接又一个恶心的夜晚，就像以前那些夜晚他突然到来一样。我感到身体几乎坠落进一个被遗忘的暗沟，准备屈辱地忍受类似蛆虫在喉咙里蠕动，饥饿的老鼠在我柔软的小腿和腹部爬行的感觉。我听凭他的手掌粗暴地蹂躏着我麻木迟钝的各个部位，他的身体猛地压在我身上，费力折腾一番后带着盐味的汗水滴落，恶心的精液呕吐出来，结束之后他用力地大喊，他的气味一直挥之不去，我无法入睡。那个夜晚他转过来对着我，我感到他准备开口提其它要求，我一直没动，他的目光落到笼子里的鸟儿上，用手指着：

“这只鸟很烦，有时候叫起来我的房间都听得到，我只能出去。”

我没回答，他的声音变得有点厉害：

“把它放了，让我安静点儿。”

我的目光落在敞开的窗户上，我想给他讲鸟的神奇故事，不过还是别暴露我跟小鸟彼此依恋的秘密，以防他伤害它，一并折磨我们。我沉默了很久，一直望着窗户，窗帘在兴奋地舞动，他推了一下我的胳膊，命令道：

“去，把窗户关上。”

没有丝毫反抗，我起身，关上窗。我刚把头靠在枕头上，他就转过身，用左肘支撑着，跟我脸对着脸，满是牢骚的声音传到耳边：

“我发现你最近总去花园。”

我心惊胆战感到不妙，不过还是尽量稳住：

“没有，您命令过我不要出去的。”

“你轻松一下，我不反对……不过！”

他转过身去，头靠在床头，声音似乎有点生气：

“没必要跟花匠和奴仆提过去的事情。”

啊！阿提亚这条狗！你什么都跟你主人说。

我第一时间想到了这个，于是想确认一下：

“您怎么知道的？”

他略带自负地轻蔑回应了我的问题：

“你以为我不清楚自己家里发生什么？”

“你相信阿提亚的话？”

“奴仆什么都没说。”

他沉默了一会儿后，接着说：

“甚至我问他时，他还发誓就一两次。”

我不信！我的内心刮起一阵热烈的欣喜，驱散了对阿提亚的误解，甚至想如果他现在站在我面前，我会毫不犹豫地冲过去，抱住他的脖子，给他一个吻表示感谢。为了让我不被怪罪，他对主人撒了谎，或许他担心一旦承认到底多少次，主人不再允许我进花园，他也不能再跟我一起开心地聊天了。阿提亚是真的怜悯我，还是喜欢我的温和，他在这座一切都僵硬石化的宅子里从未感受过温和？一时间对阿提亚的感激涕零，让我无心再追问到底是谁暗中告密——没准是一个女佣——重要的是并非阿提亚所为，这将让我更加信赖他，没准以后他能配合我、帮我。

内心的欣喜让我感到温暖，让我在老头儿面前的身体少了些许干枯，多了丁点柔软，这跟他以往习惯的不一样，他很快完事了，掩不住快活：

“我看你今天晚上不一样了。”

我趁机说：

“空气和太阳能让花儿开。”

他发出一阵心满意足的笑声，拍着我的大腿：

“好，好，你每天都去花园散散步，哦，不过……”

他察觉到我面露欣喜时，似乎感到后悔，于是用命令道：

“不过，不能跟奴仆或者花匠沾边。”

他没像以往那样颐指气使，我对他说的话也没太在意……只要他允许我在花园里像花儿一样盛开我就满足了。他去了他的房间，那个夜晚，他走开时不像以往每次让我恶心窒息，冲到卫生间，狠狠咬住屈辱的感觉，把他在我身上留下的东西和气味洗掉。那天晚上情况变了，我一直躺在床上，舒张开小腿和胳膊，把大床都填满了，竟然在上面开始翻来覆去，就像一头刚出生的小马驹。我没起来去冲洗，似乎身体没被他碰过，没有被玷污或侮辱。过去每个夜晚我唯愿它变得漫长，睡梦中让被囚禁的时间短一点。那天夜里也不像以往，我盼望清晨早点来临。

“阿提亚……”

我喊他的名字，用手示意他过来，他立刻像一只快乐的小鸟飞了过来。我注视着他的眼睛，他很慌乱，似乎察觉了什么，抢先承认：

“昨天主人问我时，我真的……”

我摆了摆手打断他，示意安静，我的内心对他充满感激，报以真诚的笑容，宽慰他：

"你主人相信你……他允许我每天到花园来。"

他满脸舒展开来，紧张或许是害怕消失了，哑然一笑，说道：

"你让我很高兴。"

我恶作剧地逗他：

"只因为我？"

他不知道自己的黑皮肤因为害羞或喜悦而发红，片刻发抖之后他从我面前逃走了，我喊他：

"过来。"

他很快回来了，有些颤抖地站着，两眼瞪得大大的。

"让佣人给我端杯茶到这儿来。"

我指了一下遮阳棚。

他走开了，我感到自己也被他的兴奋感染了。他把门开得大了一些，让我继续跟他做游戏，他战胜了自己的害怕，我战胜了被囚禁的状态。

我坐下来，感到春天的微风裹挟着花园所有的清香穿入我的胸口，肺张开了，想仔细看看周围一切的愿望像花一样绽放开来。修饰整齐的仙人掌以厚茎和尖刺遮蔽了围墙，沉默而耐心地守护着花园，那种耐心就像我沉甸甸的忍耐一样；高大的枣椰树叶垂下来，就像女人的辫子，没有手敢触碰或剪断它。我的目光落在茉莉花丛上，花丛中开满了白色和紫色的花儿。我起初很喜欢它的芬芳，后来有一天，我妈妈在我房间看见花瓶里插着一束茉莉花时，非常惊慌，把它从窗户扔了出去，说："这种花只放在坟墓上的。"想起此事，我转过头，不再看花丛。

自那天起，我跟花丛之间生出了敌意。当目光落在长满鱼嘴花、素馨花、茴香的花坛时，我发现它五彩缤纷非常炫目，灵巧的蝴蝶展开绚丽的翅膀环绕着花朵，上下飞舞。我凝视着，蝴蝶居然如此纤细柔软。我不由得屏住呼吸，生怕惊动它们！蝴蝶生来就无声？我是不是注定要在这个宅子里练就蝴蝶一样的沉默？

我感到胸口积压的愤怒在沸腾、翻滚：给我造成现在这种痛苦处境的，不只有纳耶夫这个老头儿，我妈、我爸。啊，我妈，她现在在做什么？肯定像往常一样穿着家居服，拍打着西葫芦，揉面做菠菜饼，或者在给我爸做他爱吃的茄子泡馍。有一次我爸对我说："你妈用这些咸茄子、馅饼、奶油汤[1]改变了我的口味，让我吃惯了她家乡的东西，忘了我们都吃过些什么了。"

我不知道我爸妈怎么结婚的。不过有一次，我嫂子跟我妈一起纺羊毛线时聊起过。当时我在沙发一边读着玛克西姆·高尔基的小说《母亲》，听见她发出一声叹息：

"唉，阿勒颇，多美好啊！"

我嫂子问：

"阿姨，您怀念从前吗？"

我妈又叹了口气：

"孩子，就算在科威特过一辈子，自己国家还是最好的，不过赞美真主，家乡总有着特别的味道。"

我嫂子煽动她说：

① 叙利亚食品。

“您有没有想过跟一个……阿勒颇人……结婚，一直生活在那边？”

我妈叫了一声，就像要竭力甩开不白之冤：

“怎么可能？况且这么多年了，怎么后悔？孩子，你的心在哪儿，哪儿就是你的家乡。”

我嫂子戏谑地推搡了她一下：

“您怎么跟我叔叔结婚的？”

我妈发出一声欢呼似的大笑，似乎浮现的往事让她很不愿意提及，说：

“这都是命，孩子，是命……”

我急不可耐地想知道故事，合上书本，跳过来，粘住我妈，壮着胆子问：

“看来有个很精彩的故事！”

我嫂子的好奇心也不亚于我，煽风点火道：

“是啊，阿姨，给我们讲讲！”

我妈被我们的执拗困住了，不过她显得很乐意打开回忆的匣子，抛洒绚丽的彩珠。

她不需要再施压了，不过让我离她远点。她站起来，朝着厨房走去，就像自言自语一样：

“让我先把煤气关了，万一把东西烧糊了，你爸得生气了。”

尽管我爸妈彼此相爱，我妈还是怕我爸。我经常发现我妈总顺着我爸的脾气，不假思索地附和他的意见。他说的一个词，哪怕对我们有些压迫，我妈仍然遵命，我们也得照办。他的命令历来被服从，没人反驳他。即便这样，我发现我妈仍然乐此不疲、心满意足，不抱怨不生气，有病痛也忍着，似乎很知足，认为这就是夫妻关系最理想的样子，有时我爸吼叫，我妈像没听见一样，始终淡定“耐心点”“凡事都会变，冷静一下”，我妈常用这样只言片语安抚我爸，让他平静。我心里非常怨恨我爸，恨不得自己用大声吼叫跟他相对，然而我的害怕不亚于我妈，有一次我对我妈说“你为什么让我爸当着我们的面侮辱你？”

她生气了，冲我吼道：

“你爸教育我，不是侮辱我……再说了，这也不关你的事。”

那是我最后一次试图打碎我妈顺从的僵梦，我跟嫂子都竭力让她打开多年紧锁的匣子，让她提起往事。她从厨房出来，脸上仍然挂着喜悦，坐下来，拿起钩针开始编织，对我们说：

“我们家楼上有一层带家具的屋子，房东每年夏天都出租。那年夏天艾布·穆哈辛带着老婆孩子来了，大儿子穆哈辛、三个女儿、最小的儿子。那时我十七岁，刚读完高中，成绩不错，还做着要上大学的梦。不过我妈当时一心想着把我嫁给做工程师的表哥。他们住下的第二天，我到楼上去认识一下他们。我妈很生气，警告我‘这些人都不认识，家里还有小伙子，不许再去了’。当时我认识了穆哈辛的妹妹，她跟我年纪差不多。我顶嘴说‘姑娘们都挺好的，最大的跟我一样大’。我妈很顽固，说‘那也不行，她们要是想找你玩，就下来，反正你两个弟弟都还小’。姑娘们就到我们楼下来玩，慢慢地，越来越亲密。我们一起出去，我给她们介绍阿勒颇有名的地方，一起逛街，在街头咖啡馆闲坐。后来我妈跟她们妈妈往来也密切了，穆哈辛的母亲成了每天登门拜访我妈的常客，两人一坐几个小时聊天，有时还一起做葡萄叶卷。她跟着我妈学会了怎么做我们当地的美食，教我妈做科威特美食。后来穆哈辛父子俩晚上也下来跟我爸一起坐在大阳台上聊天，一起玩牌，或者漫谈各种话题。那些夜晚，我和穆哈辛偷偷相视而笑，很快生出了情愫。夏天快过完时，他爸向我爸提亲，我爸答应了。我妈虽然很喜欢这家人，还是哭喊着'你怎么能把女儿嫁那么远？'当时我从门缝里偷偷打探着，生怕我爸改变主意，我便会被爱情折磨。那时爱情在我心里扎了根，一心憧憬着穆哈辛这棵大树，我不能想象如果没有他我该怎么生活。听到我爸说'很好的一家人，条件好，也喜欢咱们女儿'，声音果断又确定，坚持他的决定。我妈还是不放弃努力，'我们认识他们也就两个月，都不知道他们那边的情况怎么样'。我爸做了个手势示意她别再说了，'行了，别废话了，我已经答应了，不会反悔的，泽娜布嫁给穆哈辛。'我妈还在抗议：'没准咱女儿想嫁给她表哥。'我爸撇了一下嘴，嘲笑她的浑然不知：'太不幸了，你竟然没发现你女儿喜欢穆哈辛。'我妈泄气了，沉默了一会儿，指着他说'她找你求情了？'我爸笑道，'亲爱的，你去问她吧，就会明白我决定的没错。'最后以我妈的失败告终。我的心欢呼不已。很快我们就结婚了，我就要离开阿勒颇了，那时我妈以泪洗面，把我托付给穆哈辛一家，他们许诺每年夏天都会让我回来探望家人。"

我知道了我妈的故事，她嫁给了她爱的男人，为了他背井离乡，这么多年跟他酸甜苦辣生活在一起。正是这个故事让我有勇气那天夜里私下去求她，求她说服我爸别把我嫁给老头儿，我在她面前哭，求她，提醒她：

“您如愿以偿地嫁给了我爸。”

“那是命啊。”

“您为什么不帮我？”

“这就是你的命，你的运气。”

“您嫁的是一个小伙子，为什么把我嫁给一个又丑又老的？”

她两眼突然闪出奇怪的光，竟然说：

“他很有钱，以后你就会过上公主般的日子。”

“好啦，等他一死，你就继承他的财产了。”

顿时我惊呆了，没想到我妈对钱财有这么大的贪恋，让她不惜毁灭我的眼前去赌我的明天。我就像一个在虚幻梦境跳舞的人，梦想被折断了。她想要的实现了，我嫁给了纳耶夫这个老头儿，然而我却无法在这种折磨中熬到他死，实现我妈继承财富的梦想。

女佣把茶端来了，放下托盘，给茶杯里加了一块方糖，倾斜着壶嘴，透明的茶水流淌出来，散发出清香，沁入心脾。我感到一种奇异的温暖带着我的梦到了紧锁大门正对的地方，愿望在胸口摇曳：“生出飞翔的羽毛覆盖我的体肤，让我飞翔。”

一心想摆脱老头儿，离开这个宅子的渴望完全占据了我的心思，然而阿提亚拒绝背叛他主人，最后一次我跟他坐在花园里时，我想玩另一个大胆的游戏，没准对于他那样被剥夺了权利的人也许有用，用身体诱惑！他不是被强迫跟我有过肌肤之亲吗？我盯着他，他坐在我脚边的草地上，警惕、忠诚地履行着守卫职责。我递给他一块松软的桔子蛋糕，他犹豫了一下，我执意要他吃，他很腼腆地吃了，端着盘子，手明显有些抖，还把盘子舔干净了，尽管他不饿。

我撒娇地说：

“好吃吗？”

他赶紧咽下了嘴里的东西，说：

“谢谢，很好吃。”

我开始了游戏：

“阿提亚，生活中有很多好吃的东西，有些看得见，有些看不见。”

他用白痴似的奇怪目光盯着我，我知道他的理解力达不到，便说道：

“比如说你，阿提亚，得不到女人，没有女人你怎么活？”

他没料到我说这种话，抛出这么大胆的问题！一时间差点因为蛋糕碎末噎住了，他猛地一阵咳嗽，伴随着打嗝，眼泪鼻涕都下来了。我赶紧过去拍着他的背。他终于缓过来了，我递给他一杯水，他急切地一饮而尽，打了一个很响的嗝。我本来挺愉悦的，被他这副样子感动了。他突然爆发出一阵大笑，把我吓了一跳，他转过身来对着我：

“太太……我差点死了。”

我表现出特别关心的样子：

“你死不了的……你怎么噎住了？”

他点点头，皱起眉头：

“太太，您说的不好回答……”

我大脑中冒出一阵想挑逗他的冲动：

“一提女人，就把你刺激成这样？”

“太太，求你了，我不过是一个奴隶，不能坏了规矩的。”

我装作生气：

“你得回答问题。”

他把头埋进张得很开的两膝盖之间，两手搭在头上。我知道他处于惶惑之中，试着给他一把钥匙打开话匣：

“你没求主人给你找个女人？”

他内心的地牢深处回荡的声音传了过来：

“他经常随意给我找个女人。”

我感到全身都起了鸡皮疙瘩，这个“礼物”还瞒住了其它秘密？我自己陷入飓风时挺住了，然而还有些灾难我浑然不知？我胆子大了，伸出指尖，揪了揪他卷曲的头发，不顾他身体颤抖，在他耳边低声说：

“阿提亚，放松点，这些忧愁会闷死你的，抛开吧！”

阿提亚说的那些像神话一样的故事，让我首先我强烈地感觉自己太愚蠢了，其次才是对老头儿的满腔怒火。我怎么就没察觉到他的身份随着女仆不断更换而时不时地变化呢？那些夜里他没凑近我的床、没享受我的果实，我怎么就没注意他的状态呢？怎么就没感觉到女仆们的动静？她们来时衣衫褴褛、裹着各自或远或近的家乡破布，不久都变得像蝴蝶一样绚丽，穿着五颜六色的衣服，脸上涂着油彩，甚至性格也变了。我怎么就没注意到她们说话声调的变化？从轻柔、恭顺到肆无忌惮的放荡浪笑。有时还听见从厨房或她们在一楼各自房间里传来粗鄙的玩笑！我怎么就没明白她为什么非要选白天黑夜都最显自己女性特征的乔其纱，穿着短裙或紧绷着大腿，突显浑圆臀部的紧身裤，颜色鲜艳、坦露胸部和手臂的毛衣？除了这些，挑逗的方式也有很多种：撩人的走路姿势，撒娇的声音中带着淫荡的叹气。我实在无法忍受，这并非因为嫉妒或仇恨。有一次我像往常一样提醒一个女仆时，她提高了嗓门进行反抗，那天她气势汹汹，没注意到老头儿跟我在客厅里。我冲她吼了起来，要她闭嘴，她竟然推了一下上面搁着茶杯的小桌子，将茶杯打翻在地毯上。我以为老头儿会飞过去打她一巴掌，往她脸上吐口痰，强迫她道歉，或干脆把她彻底赶出宅子。然而他竟然纹丝未动，翻着自己的各种证件，塞进从不离身的包里，我的怒火在浑身血管中翻滚，我要亲自惩罚她，起身去追她，决心揪住她头发，打她耳光。没想到老头儿视而不见地激灵了一下，喊道：

“你去哪儿？过来。”

我恼火地转过来对着他：

“我要教训一下这条狗。”

他怒不可遏：

“回来……你没权这么对她，在这儿由我来教训她。”

“那你起来，让我看看你怎么教训她。”

他朝我扔过来一句话：

“该什么时候教训她、怎么教训她，我心里有数，不必等你的命令，赶紧回你的房间去吧。”

我得为我那被刺痛的自尊心出口气，于是等到那晚他对我身体的欲望开始蠢蠢欲动，我拒绝了他。那时候他正欲火焚身，而我抓住了这个机会对他欲拒还迎。他一直不肯死心，最后大喊起来：

“你到底要怎么样？”

我说道：

“在你让我找回自尊并且赶走那个女佣之前，我是不会让你碰我的。”

他的耐心耗尽了：

“我才是做主的人。那个女佣得留下来，而且你也该变成她那样。”

撂下这伤人的话后，他就从床上起身走了，而我控制不住地去回想他的话并翻来覆去地揣测，想参透其中隐藏的秘密。对我来说，最重要的是让我能离开、并且摆脱他对我身体的百般折辱。哎……我是多么异想天开啊。我差点忘了他虽然年迈枯槁，却能够将我捏在手心，也能捏碎我的心灵和自尊。我原本以为那晚会睡个好觉，却不曾料到它会成为最恐怖、最怪异的一晚！几分钟后，他推开了我的房门，我从床上坐了起来，看到他带来了乔琪特，这个女人穿着透明的红色短衫，尽管她的样子让我厌恶，但我却心花怒放：他果然把她从床上拎起来，带过来跟我道歉了，我得意极了，我以为我终于能够，哪怕只有一次，实现自己的愿望，让他也听命于我的要求，但我没有料到这突然的出现竟然是他施暴和变态花样中的一章！他的笑容逐渐在脸上蔓延开来：

“哈哈，我把乔琪特给你带来了。”

我在心中暗自铺垫下即将听到道歉的快乐，然而他却摧毁了我的喜悦，只听他继续说道：

“她来教教你怎么当个女人。”

我没明白他的话中之意，更无法想象接下来会发生什么！

他走近我的床，把我拉到他旁边，他脱掉了衣服，命令她：

“过来。”

她不知羞耻、搔首弄姿地走了过来，靠在他身边，也坐在了床上，还撒着娇说着：“你的眼睛受累了。”老头指着我，对她说道：

“告诉她该怎么样做个女人。”

我好像被蛰了一口似的从床上蹦了起来，冲向窗边的沙发，我全身颤抖，就像一只被几百头凶狠的野猫追杀的老鼠。我试图让自己的双眼避开这一幕，但那激烈的画面就像尖锐的钩子一般扎进我的血肉，并把我拖进汹涌的大海之中。那个毫无廉耻之心的女人在做什么？她怎么会没有丝毫反感，还毫不迟疑地享受其中？接着老头那嘶哑的声音响了起来，他一边在她的温柔乡中神魂颠倒，一边挣扎着对我说道：

“快看看……学一学。”

他是失心疯吗？竟然以为我会像这个女人一样，玩这个肮脏的游戏！难道我会像她那样玷污自己的灵魂与肉体？如果把乔琪特比作一场饥饿游戏，那么他就是一头被勾引得嗷嗷乱叫的猎物。他们逐渐平息下来，而我心中的火却没有熄灭。屈辱和恐惧的汗水将我淹没，随之而来的是一阵寒战和苦涩的恶心感。我意识到他总有各种花样来折磨我、伤害我的自尊。完事后他让她出去，这个贱人没有照做，而是用一种居高临下、幸灾乐祸的眼光盯着我，老头起身穿着衣服，接下来的话像刺刀般将我千刀万剐：

“所以别以为你拒绝我就能吓到我……看看旁边的女人吧，可不像你似的，像块冰一样。”

他摔门而出，只留下一片沉重的死寂。

这片死寂有着听不见的回音、摸不着的悲伤、看不到的黑暗，我身在其中，只能艰难地咀嚼着这份沉默，再无任何知觉。

这片死寂挤压着我的双肺，排空了其中的空气，取而代之的是稠密的浓烟，它们敲打着我体内的每一条神经，我只觉四肢麻痹、浑然无助。我躺在沙发上，精神涣散、肉体脆弱，尊严的鲜血汩汩流失，我眼珠凸起，仍然难以相信我的双眼竟目睹了这样荒淫的场面。

唯有一件事让我能对那一刻的痛苦予以回击，那就是我从未给过他我的身体，我给的都是雪和石头罢了。

从那天起我总是躲着乔琪特。如果我有需要，也不叫她的名字，但她却故意地、处心积虑地让我不得不叫她，以此来激怒我、挑衅我的神经。当我叫其他人的时候，她总会出现在我鄙视的目光中，随即离去，离开前她总是发出淫荡的笑声，像是在彰显她原本就是一个妓女，或者那种乡村俱乐部里的廉价舞女。

我当时多么愚蠢啊……我中计了！当我们共事一主时，我——一个女主人和女佣们，又有什么区别呢！当老头在她们那简陋的床上，和在我这柔软蓬松的大床上时，又有什么区别呢！而他又从她们那污浊的嘴里、那私处的洪流中，给我带来了怎样的污秽！他那样一个早已丧失男性雄风的老头儿，是怎样将自己的身体和激情分配给宫殿里那么多女人？这就是可怜的阿提亚的作用吧，作为第一个开拓者，为他那老朽凋敝的主人打开碉堡。他在我初夜那晚对我干的事，一定对每个女人都做过。

而我……！

我是多么愚蠢啊，曾经还以为他也是个可怜人，于是我找到他，怂恿他为我打开一扇仁慈之门，好让我的灵魂重见光明，像他也像他的主人那样。他身陷一条既定的河流之中，满足于被禁止与被施舍的一切，他也不曾幻想会有一个妻子和一群自由的孩子，他的主人不会允许这一切。我恨他，我后悔帮助他逃离了这一切。我本该让他死去，这样我就不会发现这些垃圾，而我，原来竟活在垃圾之中。我看向他，在这所有的秘密和遮羞布被揭开之后，他正卑微地坐在我双脚旁瑟瑟发抖，他情难自已，把头垂在我的双膝之上，恳求道：

"求求您了，我的女主人，不要告诉主人我说了什么。"

我推开他的头，就像推开一只柔软的蜗牛。我对他说道：

"离我远一点。我的怒火烧得正旺，马上就要把我剩下的耐心烧完了。"

我决定要挑战老头儿的权威，也挑战阿提亚。我找到了能够让我从这片脏污狼藉中逃出生天的办法。

我本可以利用阿提亚的不打自招，威胁他："如果你不帮我逃走，我就告诉你的主人你所说的一切。"但我没有那样做，即便我遭受了冤屈，但我的灵魂不能因此而变得肮脏。

如果老头儿知道了，不会放过他的，我不能自己从这熔炉中逃离，因为得救而欣喜，却让他那被禁锢的灵魂独自呻吟、诅咒我、缠着我，让烈焰灼烧我的良心，这样我不会为自己的自由而欢欣鼓舞。阿提亚并没有对我犯错，他仅仅是一个执行者和旁观者，尽管他伤害了我，我仍然该谢谢他，因为他更大程度上激励了我、推动着我逃离这个地狱。

那天夜里我想到：我会赤条条地从这坟墓里走出去吗？还是被老头儿给的那些名贵玩意盖得严严实实？那些身外之物对我而言，并不比我的青春年华更宝贵。但我……虽然我对它们不屑一顾，但我仍决定把它们带上。

我站起来，走向我的壁橱，从那取出一个沉甸甸的箱子，里面存放着我所有的珠宝首饰。一打开，箱子里各种宝贝在我眼前闪闪发光：黄金、钻石、玉器、银饰和玛瑙等应有尽有。我突然感到一阵强烈的恶心，这些珠宝哪怕一天也不曾让我感觉温暖、让我感到幸福，或者让我心甘情愿把我那柔软的身体顺从地献给老头。他的嗜好就是往我的壁橱里堆积珠宝，当他把它们带来，打开丝绒盒子时，总是充满傲慢地让我仔细看看，他那像针一般尖酸刻薄的语言，让我感觉他在施舍我，当我没有对眼前的事物展现出足够的兴趣和喜悦，他便面露不悦，用他那枯槁的手指扫过我的脸颊，抛出几句："果然是穷人家的女孩儿，不知道这些东西的价值。"他的不悦却让我暗自高兴，当我让他感觉到世上所有的金钱都不能动摇我，也不会给我的生活带来任何喜悦，就是一种对他变相的侮辱，算是为我的尊严报仇了。顽固如我，冷漠地把它们扔在箱子中锁起来，但我内心深处却倍感悲伤，因为被锁在黑暗中的它们，无法动弹，正如我一样。

那是我第一次把它们拿出来，我凝视着它们，悄悄问自己："这不是我付出的青春所换来的吗？这不是让母亲梦寐以求的遗产、让父亲俯首听命的权势吗？就因为这个，他们把我养大，又让我成了牺牲品，我难道要身无分文、毫无价值地回到他们身边吗？"于是我把它们全部倒进了一个皮包，等待逃跑那天的到来。

那晚我难以入眠……

我感到全身奇痒难耐，就像几千条虫子粘在身上：跳蚤、臭虫、蝗虫、蟑螂、蚂蚁以及各种各样的蠕虫。仿佛当我摸到那些病态的东西时，就被染上了奇怪的传染病。恐惧在我心头翻涌，让我在床上辗转反侧。我的逃跑计划会成功吗？亦或阿提亚会像狗一样捕捉到我的气味、追上我、并用吠叫声让我无所遁形？那是我唯一的机会，我不想有任何失败的可能，否则我将跌入万丈深渊。

远处传来宣礼的声音，它是那么动人，充满了光明与悲悯，潜入我的内心深处，让我的内在明亮起来，我的内里、我的灵魂，都洋溢着一种奇异的幸福感。我快步来到窗前，掀开窗帘，放眼望向天空。黎明前的天色就像是罩着一层银色薄膜，有些星星迟迟没有消散，我发现自己正低声向这天与地的创造者祈祷着所求之物："真主啊……"，一颗星星黯然失色，我便重复一遍："真主啊！"在祈祷的末尾，我加上了"万物非主，唯有真主"，瞬时间我感到光明的丝丝缕缕正向我奔赴而来。

我回到床上，感到内心狭小的空间逐渐宽广起来，肺里那些被感染的污浊之气消散一空，取而代之的是纯净新鲜的空气。我感觉灵魂更有力量、身体更加勇猛。我躺着床上，四肢舒展开来，为独占这张床并不用看到老头的脸而感到幸福，但仍有个问题刺痛着我的内心："他现在到底在哪里呢？是和芝诺巴在一起鬼混，还是乔琪特？还是索菲？"我竭尽全力将想象中的画面赶出了脑海，并重新考虑起逃跑计划。我确认自己已梳理好所有线索、填补好所有漏洞，以防止任何的嘈杂之音从而走漏风声。我仍把所有的感情寄希望于真主，祈求它能成为我的支持者，为我开辟安全之路。

这是唯一的机会……

在逃跑前的几周里，我一直在观察大门的情况，很好地掌握了开门时间，以及在阿提亚给大门套上链条和大锁之前的可乘之机，那只有短短几分钟，仿佛一眨眼的功夫，当老头儿到家，阿提亚跑过去，打开大门，车子驶进来，阿提亚小跑着跟在车后，直到他的主人下车，把公文包递给他，然后他再回去关上大门。留给我的距离和时间都很短，我所要做的就是躲在大门附近的仙人掌树后面，在阿提亚跟着车跑期间、在他去关门之前，迈开双腿冲出去。女佣们的视线又该怎么躲避呢？我得用任何可能的方式占住她们的目光。我不想让她们其中任何一个因为任何理由来到院子里。我希望在老头回来之前，她们完全忽略掉我的存在。这件事需要另外的部署和计划，不允许任何漏洞和疏忽。

计划中的那天到来了，我在大厅里制造了一场骚乱，我压根不在乎它是否干净整洁，毕竟在我看来它并不属于我，而仅仅是一个堆满了各种豪华家具、古董和华丽地毯的冰冷空间。我暂时放下对它强烈的厌恶，仔细逡巡着，连一粒灰尘也不放过。随后我开始呼唤她们，她们朝我跑过来，我扬起手，任手指穿过尘埃，我一边大叫着一边乱扔各种东西，直到炮制出一场需要好几小时才能恢复原状的混乱。

我命令她们放下所有其他的活儿，一起把大厅恢复干净整洁的原状。她们脸上堆满了怒气与怨恨，但还是不得不服从命令开始照做。就这样我确保了自己的时间，我快速回房，换上轻便的衣服，拿上那个皮包，在离开房间之前，我向我的鸟儿跑了过去，它悲伤地缩在笼子里，仿佛感觉到我们的分别时刻已经到来。我把手伸进笼子里，它顺从地臣服着，我把嘴靠近它的嘴，它便开始悲伤地吟唱起来。

我低声对它说道：“我们应该一起获得自由。”于是我带着它走到窗边，打开了窗户，它拍打着双翅，努力从我的手中挣脱以飞进屋内。我的眼泪滂沱而下，让它靠近我的脸，播撒下最后的告别之吻，随后放掉了它。我感觉自己割下了心脏的一角并把它抛掉了。接下来我拔腿朝大门跑去，渴望的风将我推向自由、太阳和纯净的空气。

阿提亚和往常这个时间段一样正在做晌礼。我小心翼翼地躲在仙人掌树的后面，刺扎进了我的皮肤，但我却毫不在意。我一边颤抖一边等待着，心跳如擂鼓般轰然作响，以至于我开始担心它会暴露我的位置。高度的紧张笼罩着我，但这也阻挡不了我的执拗与决心，求生时刻的意念战胜了排山倒海的恐惧，只需要一瞬间的功夫，我就溜到了门外，像一只虫子从干瘪的果实中心钻了出去。我在门外，一直等到阿提亚关了门走远了，才把悬着的心放了下来。那样惊心动魄的几分钟，即便我已吓得魂飞魄散也不曾让全身的警觉细胞松懈半分，直至关键一刻的到来。

我成功了，我得救了，我自由了。我加快了脚步，像一阵风般沿着海滨大道快速前行，我就像一个从精神病院的暗处逃出来的疯子，鞋子沾满了路上的污垢，直到我遇到一群印度和亚洲的工人，才回过神来，再次迈步向前。我听见他们其中有人操着阿拉伯口音结结巴巴地喊道："巴士来了。"

巴士！哪辆巴士才经得起长途跋涉、停在这拥挤的站台上！我需要一枚火箭穿越太空，需要一架飞机冲向云霄，需要一辆疾驰而来的汽车把我从文塔斯·卡哈拉带到鲁马提亚，父亲的家就在那里，而我还不知道他们会对我的行为做出怎样的反应。

正值炎夏，烈日当空，汗水源源不断地涌出，仿佛汹涌的瀑布般将我淹没，但却缓解不了我唇舌的干涸。我忍受着干渴和炎热，朝驶来的汽车挥手求援，然而那些汽车却像在躲避魔鬼的追赶般纷纷夺路而逃。我在心中暗骂着，也祈求真主的帮忙。一个女人朝我驶来，撞上了我，车轮发出尖锐的声音，她还没来得及开口，我就带着这幅奇怪的模样钻进了她的车里，把她吓了一跳。我恳求她道：

“求求您……有人在追杀我，把我带回我的家吧！”

我瞥见了她脸上的恐惧和猜疑，而她一出声，更证明了这一点：

“我要把你带到派出所。”

我大叫起来：

“别这样……来吧，我告诉你我家怎么走。”

她听从了我的指示，也许是怕我带了武器，她有几分忌惮，那泛黄的脸色也证明了这点。我利用了她的恐惧心理，这能迫使她继续往前开。我感觉到了她强烈的好奇，疑问仿佛每时每刻都要从她肚子里钻出来一般。但我没给她开口的机会，我脸朝着前方给她指路，告诉她该怎么开：“从这儿……这条街……右转到那个站……现在左转……现在到那栋楼……开进右边……在那栋黄色石灰石的房子那、歪脖子树旁边。”

还差三个月到四年，我的双眼没有看到过这些街道、这些建筑、这片天空。在此之前我目之所及，只不过是从宫殿里的窗户望出去的景象而已。我曾以为我会忘记通向回家的路，但在逃跑时重返我身体的甘甜灵魂，唤醒了我所有的记忆碎片，开启了那尘封的地图，散发出这个地方旧时的味道，我曾在这出生、成长、茁壮……然后被卖掉。这时候，车在门口停了下来，我下了车，把头探进车内，想要谢谢这个女人。我认为最好的酬谢方式就是让她感到安全和舒心，而她唯一感兴趣的就是眼前这个疯女人的秘密。这个疯女人，自己撞了上去，还强迫她听从自己的命令，甚至还把她送回了家。于是我带着哭腔说道：

“谢谢……愿真主赐福于你。我是从丈夫家里逃出来的，逃回娘家。你救了我的命。”

惊讶的神情在她脸上蔓延开来，然后她笑了：

“啊……魔鬼！你看上去的确像是从魔窟里逃出来的。”

“不止……真不止这样……谢谢你。”

我把头缩回来，朝着家门跑去。

第三章

我的公寓香气弥漫，我的胸前荡漾着一阵微风，混杂着自我、愿望和自由的气味。我躺在粉红色的床罩上，闭着双眼，开始回忆医生说的话。我的手抚摸着脖颈，那儿藏着我的咽喉和声带。到底还来得及吗？医生在为我检查之后，确认并没有肿瘤。“只是像软胶一样的增生物质，必须得切除。”

两个月前，当我吼向一个扰乱纪律的女生时，声音突然失去了控制，变得沙哑而粗糙，像是男人的声音。我离开教室后去了这个医生所在的政府医院。候诊室里到处都是蒙着面纱的女人，男人则满脸胡须、身着短袍。而我穿着短裤和半袖上衣坐在那，无疑是其中唯一一个扎眼的异类。

一个留着长胡须的男护士时不时地走出来呼唤男女病患的名字，他嫌恶地看了我一眼，说道：

“等等吧，你没有预约就来了。”

候诊室渐渐空了，我期待着叫我的名字，但他走了出来，医生走在他前面，也留着长胡须，这是另一个医生。我站了起来，但他并没有停住脚步，我朝他跑过去，艰难地从嗓子里挤出一点声音：

“医生……拜托了。”

他摆了摆手：

“去看另外的医生吧……我的看诊时间结束了。”

他抛下不知所措的我，离开了。

我去到接待窗口，扫视着各个工作人员的脸，想找出一张显得友善的面庞，在确定了这么一位后我说道：

“劳驾……我想看医生，随便哪个都行。”

她吃了一惊：

“你两个小时前就在这了，我们把你转到了阿卜杜·拉赫曼医生那。”

“我等了他很久，但他拒接看诊。”

“确实，他有点古板，不太欢迎女性游客。”

“但他是个医生啊，职责就是……”

她打断了我的话：

“女士，他的性格就这样，就连护士也……”

她盯着我，然后继续说道：

“我想你不太走运，下一个医生也是这个性格。”

“现在……帮帮我吧。”

“如果你不介意，我就把你转到一个埃及医生那，他很优秀也很热情。”

医生仔细检查了我的嗓子，告知我的声带肿大，然后安慰我道：

“现在这种情况不需要手术。只需要戒烟治疗就行。”

而我没有遵守戒烟的医嘱，几个月后，我嗓子的情况变得越来越糟，于是我不得不听从一个和我情况类似的人的建议，又去找阿卜杜·拉赫曼医生。

我该如何去见他呢，他并不愿意接待一个像我这样的“女游客”。我犹豫再三，但我实在需要他，于是我试着联络他，收到的回复是：

“他从医院辞职了，开了家私人诊所。”

我急忙赶到他在萨里米亚的诊所，那是一栋豪华大厦，上面挂满了写着医生姓名的红色横幅。我走进大厦大门，大理石地板闪闪发亮，我的右手边是一家豪华药店。我在电梯口等了很久，直到有人从楼梯下来，我才注意到电梯坏了。

于是我朝楼梯走去，一口气爬上了三楼，找到了 8 号诊所。

我走了进去。

接待员蒙着面纱。

“早上好。”

“愿和平降临，愿真主赐予恩惠与福气。”

她如此回应我的问候，我并不感到惊讶，接着说道：

“我想见医生。”

“稍等……我为您填张卡。”

“不用……劳驾，填卡之前我想先见见医生。”

她有些惊讶：

“你不是来看病的吗？”

我不得不撒个谎：

“是为其他事来的。”

她摇了摇头，离开了座位，从侧门出去。她指了指候诊大厅，随后朝医生房间走去：

“劳驾，请在这里等待。”

我等待着，内心思绪万千，如果我告知他详细信息，他会愿意接待我吗？

接待员突然出现，带着微笑指向我说：

“请进。”

我感到一丝战栗，关于他拒绝接待我的担忧虽一扫而空，但他又会否对我进行治疗呢？他会友善地对我吗？

我敲了敲门，然后走了进去，他站了起来，声音听上去很温柔：

“你好，请坐。”

他指了指对面的椅子。

我坐下了，不敢相信这是同一个人，他的身形，他那垂下的、遮住整个脖子的胡须。他居然欢迎了我，并邀请我坐下。之前的画面浮现出来，从右到左播放着，穿透了我眼前他的新形象。他到底还记得我吗？我不认为他是这样的，上次见面的时候，他对我毫不理会，甚至看都没看我一眼。是什么变了？

当时在医院他是一个医生，现在在诊所，他还是个医生！

我的疑问并不需要绞尽脑汁就能解答，事情显而易见，他在那儿时是政府医生，拿着他的薪水，因此有权接受或拒绝病人，在这儿他是利益获取者，从他人的病痛中获利，多多益善，因此准备好了接收像我这样、不遵守穿衣习俗的人。然而更让我困惑的是这样的温柔、笑容和欢迎，以及随之而来的轻言细语和仔细贴心的检查，让我更想仔细观察他。我捕捉到他脸部的细节：宽大漂亮的眼睛、浓密弯曲的睫毛、略微细长但笔直挺拔的鼻子、突出的粉红色嘴唇、以及第一次见面时让人讨厌、现在看上去却挺漂亮的胡须。

我发现自己对他很满意，并同意考虑手术的事情。

在离开医生之前，我一边对自己的声音忧心忡忡，一边来回纠结着要不要提醒他很久之前的那天，但我放弃了，我怕让他尴尬，令他拒绝我这个客户，尽管我将支付一大笔钱给他作为手术的酬劳。

我开始反复考虑自己的事情，犹豫再三：我是接受手术，还是走为上策？他说的话是真的吗？如果我不做手术，就会引起不良后果？我不要再逃避我的命运。我所遭受的不是什么难事，并不需要逃跑，从老头的宫殿中逃跑有着不得不做的动机，在结婚头几个月我就该尝试了。我不知道为什么我会忍受整整四年！如果我能早点看到未来——在逃走之后——会如此光辉灿烂，我会尽早行动。那次逃跑让我获得了自由。不仅是脱离了宫殿的生活，也逃离了老头本身的肮脏与邪恶。

我疯狂敲着家里的大门，母亲打开门，看起来一脸难以置信。我多希望那时候她会张开双臂，让我扑进她的怀里，像只疲惫的小鸟攫取爱与解药。但她没有那样做，而是跑到门外，朝大街上望去，以为老头儿在我后面，当她望遍了整条街后，猛地在门上一拍，用最大的音量吼道：

“你这个疯子！看看你都做了些什么？”

我用与她不相上下的愤怒与嘶吼回击道：

“我逃出来了……逃走了！”

她双手打在我头上：

“你这是毁了我们的家啊！你想在你丈夫那里给我们惹事吗？”

她提高了音量，呼唤着父亲：

“快来啊，看看你这女儿，还有她干的好事！”

父亲穿着法兰绒裤子出来了，就在他穿过房间、来到我跟前这段距离，母亲已经把我逃跑的事和盘托出，我站在那，怀里揣着那个皮包，他暴怒地朝我冲过来，揪住我沾满汗水的头发，在他的推搡拉扯间，我翻滚着跌到了沙发上：

“你是失心疯了吗？你怎么敢？那个男人会对我们做些什么？”

他转向母亲：

“给我把长袍和头巾拿来，我得马上送她回去，否则他会觉得我们也是她干出这种蠢事的同谋。”

母亲站在他的一边，言听计从地冲了出去。我大喊道：

“我不会回去的。我死在这儿也不回去！”

母亲回来时拿着父亲的衣服，父亲正劈头盖脸地骂我，我请求道：

“求求你……求求你先听我说吧。先了解我的故事和不幸，然后再来审判我！”

他朝我咆哮道：

“我什么都不想听。你马上回到你丈夫身边去，把头埋在双腿下！”

我跑到站在一旁的母亲那，躲到她身后，亲吻着她的肩膀，恳求道：

“求求你了母亲，拜托让他冷静下来听我说说吧。你们不会相信你们将要听到的。”

父亲脸上的怒气稍有缓和，母亲抢先他一步说道：

“那我们就先听她说说吧，然后再采取行动。”

我们沉默地坐了下来，我打开了话匣，开始事无巨细地叙述起我的这几年，哪怕一丁点的细节也不曾遗漏。我说出了那些日日夜夜的秘密，从第一晚阿提亚强占了我的处女之身起，到之后各种各样的折磨与虐待，以及我被那样的声音鞭打，还有女仆在我床上的勾当，还有阿提亚对我所有的招认。当我讲述这一切，我就像是挂在铁链上的祭品，在火舌之上被旋转、被炙烤、被灼烧。

我用痛苦的声音对父亲说：

“父亲，你把我卖掉了，你害得我好惨。”

父亲低下头，母亲在一旁真情实感地掉着眼泪，随后抹着泪低声对父亲说：

“我的心肝啊，看看她被折磨成什么样了。”

然后她咆哮起来，把手举到父亲脸旁：

“这个畜生，主啊，别让她回去了。”

在那个瞬间，我感到母亲所有的感情都向我倾斜而来，我抓住这个机会，跑到皮包旁，打开了它，把里面的东西都倒在了地毯上，珠宝四散开来，好像被欢天喜地地释放出来了一样，母亲眼里充满了惊奇，整个人都被这些璀璨的珠宝吸引住了，她离开了沙发，双膝跪地，捧起珠宝并翻来覆去地端详着，就像是身处一片奇幻的岛屿岸边，连砂砾都在闪闪发光，她像是发现了巫婆埋下的宝藏，在急促的喘息中，她慌乱地说道：

“我的主啊！这是什么？”

我爸低沉的声音刮着我的耳廓：

“怎么带着这些没用的东西？”

我妈表示抗议，两手捧着一抔珠宝，送到我爸眼前：

“没用？我想要几千件呢。”

我淡淡地回答：

“这是我的，我拿命付了钱的，你们拿走吧，给我自由。”

我的话刺激了我爸，他脸上现出怒火，指着我妈：

“把这些东西放回包里，坐下来，我们想想该怎么对付这个祸患！”

他没指着我，那我就不是降临到他身上的祸患，而是他等待即将发生的一切……老头儿发现我逃走之后，肯定大为恼火，他会来踩扁我们的脑袋。

我爸用右手掌使劲地捶着大腿，明显有些神经质，另一只手敲着太阳穴，似乎想拧开因为这一意外而停滞了的大脑的螺丝，寻找法子以抵挡老头儿的凶残。我妈担心我爸的处境而惊恐不已，起身走过去，坐在沙发一边，用手臂搂着他的双肩，安慰他：

“向先知祷告吧……任何绳结都能解开的。”

我爸喊道：

“这不是能打开的绳结，是一块跟铁一样硬的肉，怎么解开？”

“你这个好人啊，但愿你活得健康……要这样的话，你血糖要上升了。”

我爸拍腿拍得更厉害了：

“什么血糖？血糖好多了，这事又苦又涩！就是架在我脖子上的锯子。”

我妈继续劝导：

“你有能耐的，静下来想想怎么办，你能对付的。”

我插嘴：

“爸爸，求您……”

他高声打断我：

“你闭嘴，我不想听见你的声音。”

这个命令刺激了我，伤害了我的自尊，我无法忍受被要求闭嘴这种事，便躲到一边，离得远远的，担心被他抓住并殴打，我用尽所有力气喊道：

“从今天起我绝对不会沉默，我沉默得足够了！”

他两只愁苦不堪的眼睛因为我的叫喊冒出了火，还没等他张口，我继续叫喊着：

“你要是想把我送回去，我就自杀，给你带来更大的祸患。”

他火冒三丈地转向我妈：

“看到你女儿了吧？看她那两只眼睛比刀子都厉害。”

我妈被我吓着了，捍卫我：

“为什么啊？女儿铁了心了坚决不回去，你得帮她。”

我爸的怒火稍微缓和了些许，困惑不已：

“我怎么帮她？我去把……那个老头儿……杀了？这样救她？”

我妈烦躁不安：

“没人说要你去杀他，让他把女儿休了吧。”

“你以为他会答应？这事让他很没面子的。”

我妈回到她原本在我爸对面的位置，拍着巴掌就像拍着一堆蒜：

“要只是生气就不错了，没准还得要法院来办这件事。”

我坐在他俩中间，像一只被围困的猎物，他俩想着把它解救出粗大的铁网，不被伤害也不伤害他俩。我的思绪回到了那个宅子，想想我的举动让老头、阿提亚有什么反应，我即将面临怎样的不幸。接着回到眼前父母这番情景中，两人在拯救我与把我扔回老头儿魔爪中举棋不定。

我悲哀不已的心一直在祈祷：真主让我爸的心仁慈吧，让他可怜我，拯救我，为他曾经践踏我的权利而赎罪吧。

短暂的平静之后，时间像暴风一样刮过，我爸恢复了他的自负，念叨着：

“除了依靠真主，没有任何办法或力量……我完全依靠真主，信赖真主的人是好的……真不能相信所有这些是一把烂死的老骨头干的……摊上这么个祸患，我这辈子还干什么？能怎么样？”

我妈安抚他说：

“平静点儿，真主保佑你，你要想着你可怜的女儿，想你自己怎么样。老头儿打算怎么样？他来砍了我们的头？真主会砍了他的头的，这个没良心的东西，一定要让他赶紧放了女儿。你就坚强点，别怕他会怎么样，吓唬他一下要告到法院去，他那种人不喜欢出丑的。”

我爸妈一个劲地想主意，我处于让人灼伤的眩晕中，呆呆地，多么希望出现一个奇迹，把我们从这场凶猛的洪水中拯救出来。我偷偷瞥了一眼我爸蜡黄的脸，感觉他脸红脖子粗的状况没了，喘息不定。他偷偷看了一眼我土灰色的脸。我不知道是该可怜他，还是该仇恨他。他竭力稳定自己的情绪，我也是！！我暗自思忖：是他作为一个父亲的慈爱占据上风，把我解救，不管老头儿将怎么对付他？还是他的自私占据上风，再次把我卖掉，让自己免于麻烦？我越发可怜他，尽管是他造成了我的不幸，让我们陷入今天这种境况。我内心有种感觉，他会帮我。然而我还是不敢抱任何希望，免得自己被他欺骗。痛苦的沉默之后，他的声音传来，似乎是从深井里飘出来的，他对我妈说：

“我最好去找他，尽量跟他平和地沟通一下。”

我妈同意了，像是找到了一根救命绳索：

“这最好了，真主会保佑你的，问题不容易啊。”

我爸动身前，门铃不停地响，同时几只手在粗暴地捶打着，似乎门外有人带着重大事情来求助。我们三人起身，就像被电流触击了，意识到老头儿带着风暴来了。猝不及防的意外把我爸吓得一动不动，我妈竭力稳住，示意他去开门。我爸跑过去，我对他更加怜悯了，他现在要面对什么？我妈推了我一把，她的声音在发抖：

“你进房间去，你爸跟他沟通。”

像老头那样的人根本不懂沟通，他脾气火爆，我永远忘不了阿提亚手中的鞭子多么残忍，而不是他的暴力和拳脚。他对我爸的风暴会是污言秽语吗，还是连脏话都顾不上了，直接扬起巴掌？我爸肯定不会用暴力捍卫自尊的，我爸太不幸了，因为我他会受到羞辱，被辞退工作的。

老头儿的声音让我们家客厅开始晃动了：

“狗崽、狗崽在哪儿？”

我妈的声音向自己的害怕发起挑战：

“您看好自己的舌头，要不真主得把它剁了。”

我爸试着说：

“纳耶夫叔叔，您平静点，我们沟通一下。”

他趾高气扬地叫着：

“你是谁？让我跟你沟通？叫狗崽出来。”

我从房间的门缝里用一只眼打探着客厅的大火，他们的话语如同面团上下晃动。折磨我的，是我盼望解脱的冷冰灵魂、期待自由的惊恐身体。阿提亚护着他主人的身躯，担心他摔倒，但是愤怒如同火药，老头儿从此生出的威力太强大了，他想释放出来，于是叫嚣着威胁：

“她敢从我手上逃走？我要是不宰了她，不喝了她的血，我就不是男人。”

我妈提醒他：

“从你的黑暗中逃走。”

他立马针对我妈：

“你女儿过着最好的生活，你们都靠我活着的。”

我妈怒不可遏：

“呸！活得怎么样？姑娘活得像晦暗的月亮！像绵羊，被打、被虐待！”

我妈飞到阿提亚边上，抓住他的衣服。

“你，恶棍的奴才，你怎么敢用鞭子抽我女儿？”

老头儿的脸耷拉下来了，断定我已经把他宅子里的隐情和罪恶都抖了出来。我妈继续抽打着阿提亚，打他的脸、他的胸，阿提亚并不反抗，只是难过，发抖。我爸抓住我妈，阿提亚护着老头儿身体的胳膊放了下来，老头儿抓住了逃脱的机会，便朝着门口移动，我正好躲在门后，他似乎看见我了，带着满脸狰狞的表情过来了，吼道：

“母狗，滚出来。”

没等他过来，我就朝他冲了过去，爆发出惊人的力量，决意要偿还这四年的折磨，我拼尽全力大喊道：

“过来，让我杀了你。”

他面露惊诧，我妈担心发生不测，跑到我面前，站在我跟他之间。我爸示意阿提亚抓住他主人。老头儿推开我妈，抓起我的胳膊反拧过来，我立即抓住他另一只胳膊，反拧，我恐吓他：

“我要拧断你的胳膊，你放开我！”

他发出痛苦的叫喊，我爸跑过来，解了围，冲着我吼：

“你疯了？”

老头儿抓住了机会：

“这回你知道她纯粹是个疯子了。”

我妈回敬道：

“谁把她逼疯的？不就是你干的？！垃圾！还有她床上的女佣人！”

老头儿勃然大怒，再次像条张牙舞爪的狼一样冲过来要吞了我。我变得更勇敢了，我要捍卫自己。我伸出手把他一把推开，他像一片羽毛一样，倒在地上，撞上了沙发的木质扶手，尖叫了一声，阿提亚赶紧跑过去，把他扶起来，带着哭腔：

“叔叔，叔叔，真主保佑你。”

我爸妈脸上顿时满是害怕的神情，老头儿踉踉跄跄，呻吟着，两眼歪斜。阿提亚恳求道：

“拿点水来吧。”

我爸很快拿来了一瓶水，阿提亚立即给他主人脸上抹水，一边用责备的眼光看着我。老头儿缓过来了，骂骂咧咧说着一些恐吓的话，一会儿针对我，一会儿针对我爸。阿提亚把他扶起来，他两只膝盖几乎支撑不了身体，极度仇恨地盯着我爸：

“我把她吊起来挂一辈子，你们从我这边什么都得不到了。”

我爸还在努力：

“纳耶夫叔叔，真主对您是满意的，我女儿不想跟您了，休了她吧。”

他轻蔑地瞪着我爸：

“我不想要她，但是我不休了她，我要把她吊起来。”

我蹦出的话一点也不磕巴：

“你必须放了我，有法庭，我会把你的丑事抖出来。”

他手一挥要出去了，重复道：

“咱们等着瞧，有我就没有你和你家人！”

他摔上门走了。屋子里沉寂下来。我爸疲惫不堪的身体重重跌在沙发上，喘着气。我妈在他旁边唠叨着：

“真主会给我们回报的，依靠真主的人得到福气。那个恶棍，真主让你家破人亡，不会回应你任何祈祷。”

我坐在她对面，淌着眼泪，不断的喘息声让我爸妈心疼：

“爸爸，真主保佑您，把我从他那儿解放了吧。”

我妈支持我，她轻轻拍了一下我爸的膝盖：

“明天你去找个好律师，把案子交给他。”

我爸吐出一口气，飘出的声音很虚弱很悲伤：

“可怜可怜我吧……我难受，没力气想事。”

他站起来朝着自己卧室走去，进门之前转过身对我妈说：

“你要是允许的话，我想睡一会儿，你跟你女儿待着，两人都别来打搅我。”

他关上门的一瞬间，我感到他就像一个进入了漆黑的迷宫，我为他难过，发现自己在这个崇高的时刻涤净了曾经对他怀着的一切仇恨情绪。我的内心有种感觉，确信他现在将深陷孤独，悔恨自己曾给我带来的黑暗，让我落入魔窟，现在决心把我从里面救出来。

那是我在我爸家的第一个夜晚，躺在简陋的床上，没有真丝床单，没有绸缎枕头，其实，那些是磨损我意志的东西。我感到床宽大得像茂盛的花园，有各种芬芳的花朵。房间里有一种透明的寂静，就像透过玻璃可以看到后面的一切，这种寂静让我的心在承载希望的绿色夜晚与苦难沉重的那几年之间摇摆不定。我开始回忆那些细节，尤其是他如同一阵恶风袭击我的时候，我感到就像进了一个坟墓，土块石头从我头上倾泻下来，我只看得见他那张如死灰熄灭的脸，只感觉得到他粗糙的双手在我的身上胡乱摸搓，只听得见他气喘吁吁追逐肉欲时牙齿的磕碰声和骨头的嘎嘎声。想到这个场景我禁不住颤抖，突然有种莫名的干渴，我溜进了厨房，喝了三杯水，感觉自己封斋了几个月一样。回到床上，感觉自己就像一只从黑暗与沉默中解放出来的蝴蝶，我倚靠着枕头，它如同母亲的胸脯，我向真主祈祷解救我，解救因为我而陷入困境的我爸。我哭了，接着困意袭来，但愿能沉浸在甜美的长梦。

哪有美好的悲剧，奇迹发生的时代已经过去。新的一天来临了，它带来新的奇迹，我心急如焚的祈祷似乎比闪电更快，穿越七重天，真主用慈爱拥抱我。我妈摇晃我，把我惊醒：

“起来，阿提亚在客厅里。”

“阿提亚……没事吧？”

我妈满脸掩不住的喜悦：

“真主救了你，救了我们。”

什么事让我妈这么高兴？“真主救了我们”是什么意思？没等我明白过来，她便转身不见了。我惊慌害怕地从床上爬起来，以最快的速度穿好衣服，来到客厅，我爸双手抱着头坐着，阿提亚在他面前一个劲地痛哭流涕，我提心吊胆地朝他走过去，问道：

“怎么了，阿提亚？”

他抬起被泪水湿透的脸，两眼红肿，嘴唇哆嗦，声音似乎淹没在泪水中：

“叔叔……死了。”

不知道什么力量让我一下跌倒在沙发上！意外？喜悦像麻醉剂一样在我神经中迅速传导，我怎么相信？怎么真的发生了美好的悲剧？

“怎么回事，阿提亚？”

阿提亚说不出话来，我爸替他说道：

“他到家后很累，他们叫来了医生，医生说要送去医院。两个小时后，心脏就不动了。”

我难以置信地喃喃道：

“啊……他还想把我吊起来，结果他犯的命吊起来了。”

我爸严厉地教训我：

"注意点，不能骂死人的。"

然后又转过来对我妈说：

"跟费萨尔联系一下，中午礼拜前下葬，我们应该去一趟坟墓。"

我想象着坟墓，哪个更狭小，是他想活埋我，把我关在牲口圈里一直驯养的那个坟墓，还是这个现在要打开的坟墓？我又开始咒骂那个空骨架——曾经自我膨胀，现在已经轰然倒塌，我没有一丁点悲伤，也挤不出半点眼泪，哪怕是从泪腺滑落的虚情假意，喜悦排山倒海而来，填补了筋疲力尽的昨天与今天现实的沟壑。魔力一般的东西让我否认了周围一切，我变成了一只蝴蝶，穿着美丽的婚纱，在绚丽多彩中起舞，放出火花，照亮了宇宙，为宇宙增添热闹与瑰丽。阿提亚，我不可怜他，没想过等待他的是怎样的命运，也不想对他说丁点安慰的话语。他让我意识到，尽管他确实很悲伤，但同时他也感到轻松，摆脱了主人对天生奴隶施压的重担。他站起来准备出去，我也起身了，他朝着门口走去，我跟在后面。到了门口，我们对视着，他带着眼泪的双眼中有一种奇怪的目光在闪动，像压抑的友好，像困惑的疑问，"我的命运是什么？"他的内心在挣扎，那声音如同音乐一样在我心里回荡：

"你终于从他那儿解脱了……你真的受了苦。"

我欣喜于他这样作证，鼓起勇气低声说：

"阿提亚，我很高兴，别怪我。"

他摇摇头：

"我不怪你，不过你知道我……"

我打断他：

“我知道你多么爱他，虽然他不配。”

“一辈子都跟他在一起的。”

他痛苦地说道。我想安慰他，提醒他：

“被侮辱欺压的一辈子，你现在跟我一样，你会自由的。”

他放声哭嚎着，我爸冲过去抱住他，安慰道：

“阿提亚，为先知祈祷吧，我们知道你多么爱他！”

阿提亚的哭声在回荡：

“我没想到他这么爱我。”

我愤怒地反驳：

“他爱你？你忘了屈辱和毒打？”

他的话语随着滚滚泪珠滴落下来：

“太太，他补偿我了，我才知道他多么爱我。”

我顿时感到好奇：

“怎么回事？他怎么补偿你的？”

“他突然病倒的时候，要我打开橱柜，去拿一个信封给他。他打开信封，说‘这是你的释放证明，有一大笔钱以你的名义存在银行’。”

那时我感到对老头儿的仇恨一点点消退了，尽管他腐朽暴戾，但能想着为他效劳、满足他狂妄、帮助他享乐的阿提亚实属不易。而我呢，继承了所有一切，正如我妈梦想的那样。

他很快就死了，是我的运气，要不他肯定为了报复我的行为不让我继承遗产。现在我佩服我妈的远见。

阿提亚出去了，我整个人都沉浸在巨大的喜悦之中，我爸叫我，他满脸挂着悲伤，叹了一口气，说道：

“娜迪雅，听着，我跟你妈看来真的让你受委屈了，原谅我们吧……”

对他实实在在的怜悯在我心里燃起来，内心激荡的欢喜赶走了对他俩的仇恨和怨气。我终于解放了，他关上了欺压虐待我的大门，同时打开了自由财富的大门。我带着满满的爱意对我爸说：

“爸爸，我都忘了过去的一切了。”

他抱住我，两眼噙着泪水注视着我，一字一顿地说：

“我希望你真的相信，这事当初不是为了一笔交易，不是出于贪财。”

啊，爸爸，他一直没忘记我伤害了他的那些话，似乎自从我离开他温暖的家园去了老头儿的地狱之后，我狠毒的话语一直戳痛着他的心，让他无法入眠。我不好意思地低下头，他抬起我的脸，再次强调道：

“我那时被他的权势压着……你原谅我吧。”

我大哭起来，把头压在他膝盖上，央求他：

“求你了，爸爸，别折磨我了，那时我也知道您是不得已，您屈服于他的权势，我是付出了代价的。”

他轻轻拍着我的背，许诺我：

“我们要补偿你遭过的所有罪。”

我妈进来了，看到我啜泣，她难过得发抖，我爸安抚她，要她坐下，他温和地命令我把眼泪擦了，我乖乖地听从他的话。他认真地说：

“听我说，娜迪雅，你现在死了丈夫，应该回到丈夫家里守几个月寡。”

我禁不住发抖：

“爸爸，您说什么？怎么守？”

我妈插嘴来解释：

“寡妇要守制四个月零十天。”

我抗议：

“我从那房子里逃出来了，还要回去吗？”

我妈还是坚持：

“当然，你要回去，你想他孩子们霸占那房子啊？”

我爸生气地瞪了她一眼，责备说：

“你想到哪儿去了？律法规定必须这样，女人要在家里守制。”

我妈的话不是轻飘飘过去的那种，我立刻反应过来，想到还有人跟我共享遗产心里马上紧张起来。老头有十三个继承人，被他休掉的第一个老婆生了七个，死掉的第二个老婆生了六个。有天夜里他淡淡地谈到他第二个老婆，说自己如何爱她，跟她一起幸福地生活了十七年。第二个老婆死后他一直抚养孩子们，直到他们长大、成家，才终于放下心来。他买了那座宅子，独居起来，没想过再次结婚。倒霉的是，我爸在他手下工作，打理着他几家公司，有一次我爸邀请他来我们家做客，风华正茂的我吸引了他的目光，让他觉得老朽的自己能再焕发活力，风烛残年重现新生，于是达成了交易。

我浮想联翩地揣摩着那些从未见过面的遗产共享人，他们全都比我大几岁或者与我年龄相当，他们会怎么对待我？等待我的将会是什么？我妈提高了嗓门，提醒我：

“你回娘家会闹出好多麻烦，你一定得呆在那边，要不他大儿子非得吃了你不可。”

我爸安慰我说：

“别怕，我跟你妈都会跟你在一起的，一直到你守制这几个月过去。”

我感到心脏似乎被一种锋利的工具刺伤了，昨天酣睡过去，睁开眼只见美妙的光芒，以为自由被埋葬的日子已经过去，迈向了光明，结果发现自己要再次回到坟墓，被关押几个月，给他服丧，他配得上吗？我深感我们女人的翅膀被折断了。

我为出生那一刻起即被剥夺的自由而哭泣，我妈竭力安慰我：

“姑娘，你受了很多罪……再忍几个月吧。”

没来得及说话，有人突然敲门。我妈打开门，哥哥的三个孩子朝我奔过来，兴奋地抱住我，不停地喊我“姑姑……姑姑。”一年多了，我好想念这样的呼唤。哥哥费萨尔把他们推开，无比怜爱地一把抱住我，温柔地拍着我的肩膀，抬起我的脸，用两手捧着，我凝视他，没察觉到丝毫对死人的哀伤，他简短的一句话浓缩了对于我解脱的欢喜：

“只能让真主怜悯他，真主满意，让他休息了。”

嫂子伊曼把我一下拽到她身边，太多的思念让我们紧紧拥抱，泪水掺和在一起，她在我耳边轻轻说话，生怕别人听到：

“祝贺。”

我跟纳耶夫结婚的那天夜里，伊曼都没说过这个词，她很难过，似乎为我的青春痛心，今天她向我表示恭喜，知道这是我真正快乐的日子，她可以祝贺。

等到爸爸和哥哥出门，前往墓地时，妈妈忙着收拾东西，小孩子们跟在她后面，这是我和伊曼独处的机会。我简单地给她提了一下这四年遭受的种种折磨，她几乎不相信自己的耳朵。她时而因为我受的苦而掉眼泪，时而对我的承受力感到惊讶。讲完一段开始讲下一段时，她抬起两手伸向天空，喃喃道：赞美真主……赞美真主让你解脱了。

我伤心地说：

“你想想吧，我逃了出来，他们又要我回去，要我去看女佣人那张脸。”

她热情地说：

“第一件事就是把她从房子里赶出去，你现在是那儿的主人。”

接着，她似乎想起了什么：

“阿提亚，你怎么处理他？（她笑了）你是不是也想让他和你一起变成富人？”

我还没想过除了自己之外的任何人，想到这一点，轻轻说道：“阿提亚很可怜……忠实，他真的很爱我。”

她安慰我：

“真主保佑你，不过就几个月，很快就过去了，然后……”

我打断她：

“伊曼，我要开始自己的生活，第一件事就是继续读书。”

她满脸喜悦：

“再好不过的决定，不过！”

我感到了她的担心，于是说：

“别担心，我现在很强大，我手里有钱。”

她抓住我的手，很赞许。这时妈妈进来了，拍着手说：

“我担心他们抢在我们前面，到了宅子那边的话，就有麻烦了。”

“要是……他们没权利在他们爸爸的家里接受吊唁吗？”

妈妈很不舒服，她发现我对他们没有心存任何恶意或仇恨。

“他亏欠你，你给他们点面子，也就三天，然后他们肯定走了。”

伊曼插嘴说：

“阿姨，凡事都是变的，没准他们压根没那样想过。”

我妈固执己见，胸脯颤巍巍的，就像在跳舞：

“不，他们肯定刨根问底，要是整她，就不得安宁了。”

“妈妈，真主保佑你，我们不想跟他们有麻烦。”

“我绝对不去，不过万一他们……”

我打断她的话：

“爸爸和哥哥会处理的。”

她起身走开，一边小声念叨着，表示妥协：

“好吧，咱们瞧瞧，明天坐在墙边看热闹吧。”

我感到有一股力量支持着自己，妈妈只在乎那座房子是留给我和她的。她对我丈夫的孩子们的顾虑让我感到力量倍增。那些是妈妈的弱点，我会好好利用。现在她那“以后他死了，你就继承他的财富了”这一大梦想已经实现了，眼前我的任务就是按照自己意愿播种梦想，沉默顺从的日子已经过去了，要是对任何事从开始就屈服，必将给自己的青春、自由、远大的梦想又挖掘了一座新的坟墓。

我向伊曼透露了自己的梦想，她鼓励我，反复强调：

“你哥哥费萨尔肯定支持你，你知道的，他对你结婚很不开心，那些年他一直责备你父母，说他们让你受了委屈。”

我很欣喜，感到有希望找到自己的依靠。

在宅子门口，阿提亚迎接我们，他整个人像散了架，不像以前那样充满了力量。院子里停了很多车，我妈捏起拳头推了我一把：

“我不跟你说了吗！看到了吧，他们赶在咱们之前来了。”

我有点害怕，朝着阿提亚走过去：

“这是些什么车？”

“他的儿子儿媳、女儿女婿们，全都来了。”

我丝毫没逼迫自己预先考虑如何对待这些陌生人，这些要跟我分遗产的人，然而我妈满脸都是既害怕又生气的表情。阿提亚指着我爸：

“这些人都是管理人员。”

我和妈妈、伊曼朝着宅子入口走去，一股恶心的感觉笼罩着我，让我想起第一次进来的情景，当时决心“不管我妈干什么，绝不留下这宅子”。我们进了大厅，迎面一片黑压压的长袍，涌动着老头儿的味道，这味道让我窒息。要不是向我表示哀悼的一群女人推搡，我就会淹没在人群里。她们作为女儿或儿媳来吊唁。我坐下来，尽管讨厌这个宅子，但我感到自己是这里的主人，我必须突出自己的身份，于是大声地喊着女佣：

“泽努芭，给大家准备咖啡和茶。”

一个坐着的女人声音冒出来（我不知道她是他女儿还是他哪个儿媳）：

“水，就行了，在办丧事。”

我妈说话了，显然她竭力装得温和：

“吊唁的人都走了，家里人要喝的。”

大厅里被沉寂笼罩，傍晚般的昏暗渐渐弥漫开来，裹着一身黑的女人们就像一只只染着旧锅锅底黑灰的蝴蝶，静悄悄的，陷入坟墓般的死寂。除了打量我的眼神，任何动作都没有，秘而不宣的心思或善或恶——只有真主知道。最后有一人打破了沉默，她凑到我身边，用带着中立态度的声音说：

“我向你介绍一下大家。”

接下来是一串名字。我两眼扫过一张张脸，大部分并不悲伤，没有哭过，有的勉强挂着一丝假意的悲伤，有的面无表情，只不过对我的年少和美貌感到惊讶。我是他们第一次见到的陌生人。从她们眼里，我没察觉到有什么敌意，敌意只会在相处之中产生。

对于那个在宅子里跟我过不去的死者，我内心滋生了些许畅快、丁点谢意。他让我如今避开了某些可能伤害我的不幸——如果我跟她们相处。我仔细打量着这一张张脸，暗自思忖：她们会不会发难？那些男的呢？他儿子女婿们？有我厉害的妈妈撑腰，我丝毫没觉得害怕。我看着我妈，她正窥视着一张张脸，刻意的动作提醒在座的各位：这地方是她女儿的，宅子唯一的主人。我痛心妈妈接下来的那些梦想，跟我的梦想、思考和打算相去甚远。

就像这个宅子里的主人，不等我报复乔琪特，我妈就冲到厨房找她了，命令她收拾东西滚蛋："从今以后我不想再看到你。"乔琪特刚想张嘴，我妈一巴掌打到了她白花花的太阳穴："闭嘴，你还说什么！你赶紧滚，让我们舒服点儿。"我妈这一动作让其他女人都很害怕，她们知道自己放纵腐化的日子结束了，放任她们的人已经彻底消失。老头儿死后，一切都变了，她们得按照我想怎么样、我妈想怎么样去做。我妈厉声警告她们："要是不满意，请自便，赶紧走吧。"我看到她们眼里露出崩溃之意，我收回了自己曾经失去的骄傲，在她们面前趾高气扬，重复我妈的话："放肆无礼的日子结束了。"

连着三天，宅子里挤满了前来吊唁的男男女女，我被一片黑压压的长袍和黑色的沉默包围着——它就像惊慌的黑夜，我只能从唠唠叨叨的话中捕捉到一点零星的、毫无意义的碎片。不过我妈对于周围的动静一直保持着清醒的意识，我听见她的声音进入了有关生与死问题的讨论，避而不谈遗产和房子——确切地说是这所宅子，我妈做梦都盼着我持有它，坐在它的宝座上。我一直如坐针毡，等待黄昏礼拜的宣礼声响起，好让云集在这的一堆吊唁女人们散去，我逃回我的房间，让我妈去感受对这块地方的所有权，张罗着如何重新收拾残局，向女仆们发号施令。

第一个晚上我躺在自己的床上，那张如同带着“瘟疫”——曾经沾上跟老头儿有关回忆的床，我感到自己已经摆脱了那些重负。过去每天晚上我胸口都异常沉重，尤其在他兽欲发作、我恶心不已的夜里，他把身体压在我的身体上，那些重负更是加倍沉重。今天晚上，我感到自己如同一只自由幸福的羚羊，摆脱了曾经笼罩着我生命的黑暗。我不愿去回顾被压迫的那些年，只想掸去记忆中的灰尘，撕掉黑暗的历史，为以后的梦想做准备。我没想过遗产问题，也没想过谁会负责宅子事务。自从我逃离的那一刻起，我就决心再不回来。既然守制时期不得不回来，结束之后我一天也不会多呆下去。我会从这儿远走，寻找快乐的岸边，远离遗产和钱财纠纷。思绪翩然在荣华之外，我尽情地编织着梦想：上大学、工作、属于自己一个人的一套小房子，面对大海的温暖，享受夏日的纯净；在暴风雨的夜晚，享受大海的疯狂带来的欣喜。我面前是一片辽阔、灿烂、绚丽的世界。

第四章

我忍受了几个月守制的极度抑郁，我妈竭力让我把宅子掌控在自己手里，然而我让她失望了。我放弃了那座宅子，我内心感到从噩梦中摆脱的感觉，等了一星期，作出了可怕的决定：

“我要买一套临海的房子，自己生活。”

妈妈一脸慌乱，爸爸显得很恼火，他像面临着一场恐怖的灾难，难以置信地吼道：

“你想过我会同意吗？别人怎么说？”

我平静地回答：

“别人怎么说我不在乎，就算我躲进香水瓶，那些恶毒的长舌头也会让我不得安生的。”

妈妈戗了一句：

“一个年轻的漂亮寡妇，一个人住！在你之前从来没有哪个女人这样做。”

我没跟父母争辩，没必要为了获得他俩同意而叫喊、争辩。我保持着极度平静，让他俩感到我已经做了决定，不管他俩怎么找理由阻挠，我绝不会退缩。我感受到了自己的新地位，这一点让我能够顽强地挑战，采取行动。我现在掌握着他俩即将享受的福气。哥哥费萨尔支持我，他说了一些话让他俩不高兴的话，他的腔调跟我一模一样，还加进了一些话提醒他俩需要我继承来的遗产，要他俩别忘了过去怎么委屈了我：

“娜迪雅有自己的梦想，以前被你们扼杀了。等她梦想实现了，让她原谅你们吧。”

我带着更大的勇气接着说：

“我要上学，然后要工作。”

妈妈严厉地说：

“你不需要工作，真主已经给了你好处。”

我盯着她，提醒道：

“让我屈辱的钱绝不会让我幸福的，我要自己奋斗，靠额头上的汗水挣钱。”

面对爸妈的厉害声音，我要让他俩服从于我的决定。那一刻我感到自己推开了所有紧闭的门，长出的两只坚硬翅膀开始按捺不住鼓动我飞向新生活，那是我独自把握的，没有任何钉子压制我的生活。那一刻我所有的梦想欢呼雀跃起来，它们全部朝着一个方向飞去，我两眼追随着它们的踪迹，希望为每一对雌鸟雄鸟找到适合它们的小窝。

夜里，我独自思考了很多具体的问题：我真的能在荆棘丛生的道路上独自前行吗？除了能为我实现购房梦的钱，我还有什么？我怎么面对生活？我与世隔绝，人们的行为思想对于我这种处境的女人有什么看法我根本不了解，像玫瑰花一样柔软的女人，面对一阵微风都不知道如何保护自己的花瓣。我怎么让自己获得信心？怎么向我爸妈证明我有能力承担面前越来越大的责任。每次独处，我都感到未来的沉重。退缩吗？奔去他俩房间，像个害怕的小姑娘一样扑到他俩的怀里，要求为自己挡住幽冥，再次像猎物一样听任他俩摆布，按照他俩的意图开始我的人生？

当我告诉他俩我的决定时，我还不曾感到这样忧愁害怕，然而独自一人时，意识到自己要面对那么多困难，要控制一个头脑——像我这样不谙世事、难免混乱不安的头脑，控制它多么不容易。我独自在一团漆黑的隧道里，除了唯一一个遥远的光点，什么都没有，潜入耳边的是鸟儿忧伤的啾啾声、惊涛阵阵咆哮声，让我怔怔发呆的是忧伤的长笛和被放逐野外的小绵羊凄凉的叫声。

光亮诱惑我向它奔去，但我受困于一种难以反抗、无法摆脱其艰难规则的现实，为什么指责妈妈？她不过是担心外人的风言风语和世道欺压，为什么要让爸爸心碎，撕破他作为父亲的威严？他不过是希望在家由他说了算。

我独自一人，悲伤得辗转难眠，责备自己：我是想报复他俩吗？我的灵魂是不是变得残忍，像一头母狮想逮住用箭或一发子弹击中它的人？我觉得告知他俩我的决定有点操之过急，或许将此释放出来，只是为了从过去的委屈中解脱出来，而不是从自信、从具备面对生活的能力出发。生活，我还没投入生活的战场！它肯定比我娇嫩的身体强大得多，比我空白的阅历丰富得多！

我无法入睡，寂静笼罩着房间，匍匐在我胸口，我的内心有一种东西朝着我爸我妈潜行，激起了我对他俩的爱怜，告诉我他俩还没睡，两个渺小卑微的人淌着痛苦的泪水，他俩或许心想要是老头儿没死就好了，那我还在他的宅子里——那座坟墓里，不会有新生的、鲁莽的试图打破父权、母权、社会的想法。

床显得有点窄，我感到它朝我吐痰，命令我离开，离开这两颗破碎的心。我没有停留，朝着他俩的房间走去，料想得到证实，门下面的缝隙里透出灯光，我敲了门，爸爸温和的声音传来，似乎他一直在等我：

"进来吧，娜迪雅。"

一种陌生的气味朝我扑来，不知道曾在哪儿闻到过！那是哥哥的第一个孩子从伊曼子宫里刚刚出生的味道吗？还是奶水发酵了的胸脯、写满亲吻的嘴唇飘散的气息？这是一种比所有我闻过的东西都醇美的味道，父母现在用慈爱打开了我压抑的情感，将我释放，我冲动地奔到他俩床边，爱的丝线将他俩联结在一起，他俩紧紧贴在一起，这是真正的相爱。从妈妈的一脸悲伤我意识到她的眼泪仍然在胸口，爸爸很冷静，他的微笑抹去了些许悲伤。他挪动了一下身体，给我腾出点地方，示意我坐下，然后像一支悲伤的长笛发出声音：

"你也跟我们一样睡不着？"

我低下头，轻声说：

"我知道，你俩因为我，睡不着。"

母亲喋喋不休地责备道：

"面对孩子，父母又怎么能阖上担忧的双眼呢？"

我羞愧难言，需要片刻来缓解我的羞涩。

母亲则继续埋怨着：

“娜迪亚啊，第一个跑的人会被撞头，那么是谁呢！是你母亲还是你父亲？”

父亲擦了擦我脸颊滑落的眼泪，劝慰母亲道：

“你别对她这么夸张。”

我扑进父亲胸膛，心神不宁地哭个不停，父亲的左臂环绕着我的肩膀，右手温柔地揉捏着我的发丝，这种感觉我已寻觅了四年之久。而母亲压抑的啜泣声在那一瞬间将我包围：

“但是亲爱的，我们需要你的宽恕。”

他们的温情于我而言是种全新的体验，使得我那突如其来的粗暴不翼而飞。我边哭便喊道：

“不……不……不……是我错了。”

父亲温和地安慰我道：

“我们并没有责怪你。四年被监禁、被压迫的生活挡住了你心头的光亮，所以你充满了对自由的渴望与向往。”

母亲也附和道：

“我们不是反对你追寻自由，但你不能为所欲为，得根据你的情况来啊！”

我从父亲怀里挣脱出来，走近母亲，她脸色稍微缓和下来：

“妈妈，我想要完成学业，找份工作，然后找个海边的小公寓住下来。虽然我现在还住在那个宫殿里，但它已经开始发霉发烂了，我想要解脱出来，洗得干干净净，然后彻底摆脱那。”

父亲的脸色看上去很严肃：

“娜迪亚。你听好，关于学习这件事，我们并不反对，找工作也一样，如果这是你的梦想。但你要一个人住……这件事超出了我们的接受范围，也超出了……”

母亲打断了他：

“超出了整个社会的接受范围，你是小小的一个人，而这可是一大步。”

父亲抓住了我的双肩，温柔地捏着，我感觉他的爱怜在我每根血管中游走，让我的每个细胞都直痒痒：

“爸爸你看，如果是你想要住在海边的公寓，而你又有能力这样做，并且不会让自己遭受到任何伤害和闲言碎语，你会怎么办……怎么办？”

我殷切地期待着他的回答，只听他说道：

“真主保佑，那么你会继承很大一笔钱，你可以买一整栋靠海的房子，你住在阁楼，我和你妈妈就住在其中一层，剩下的钱你来支配，钱生钱利滚利，这样就能让你自己免受流言蜚语的伤害，也能让我们免受担忧之苦了。”

我这才发现自己是多么少不更事，又是多么鲁莽冲动。而我的父亲，不管这个世界赠给他多少阅历，真主赋予他多少怜悯和柔情，他都会转化为解决问题的能力，为我也为他们俩实现安心和幸福。我感觉所有的芥蒂都解开了，高悬的烦恼大石也粉碎了，我那曾经因愚蠢而引以为荣的骄傲瞬间瓦解，岁月变得美好起来，我仿佛在日出之前就感受到了黎明的光辉。母亲声音里的悲伤早已一扫而空，取而代之的是满足与惬意，她在我耳旁欢欣地说道：

“好了，你也别光在心里记挂着，明天你去房屋经纪那看看，跟他们面谈一下，然后去帮她看看房子。”

父亲说了很多遍“马利克”和“真主保佑”，但没提钱的事，母亲也说“帮她看看房子”，而不是“给我们看看房子。”他们俩让我感受到了自己的权利和主导。转念一想，我利用自己的地位和财富，幻想着我是施恩者，是自己所有事情的独裁者，这样的做法合适吗？ 我扑进母亲怀里，闻着她怀中的香味，幻想自己是藏在她血脉中的小孩，吮吸着她的乳汁。随后我开始不住地吻她的脸颊，亲吻中还夹杂着我的眼泪。母亲喜极而泣，不停地重复道：

“愿真主喜爱你，助你顺利并赐福于你。”

真主在天上开了一扇窗，专门用来接收母亲们的祈祷，之所以这样做，是为了实现她们的恳求，并把福气像云朵一样撒向人间。正如母亲祈求的那样，真主果真赐福与我，我在老头儿的宫殿里快要窒息，感觉不到任何金钱的滋味，我从不认为金钱是生活中的必要赏赐。但在我体验过自由之后，我意识到人们可以借由它实现些什么。它变成了一把珍贵的钥匙，为我打开紧锁的生活之门，让我迎接曾缺失的幸福。我委托父亲替我管理那笔遗产，于是他一丝不苟地操纵着所有的船只，驶向我期盼的梦想之岛。他为我买下一栋很棒的六层楼房，可以俯瞰舒伊市区的大海，当我和母亲跟着他一起，第一次去看房的时候，我热切地冲上楼梯。他们俩高喊道：

“等等，你不想先看看它的庭院、附属设施和下面几层吗？”

我招呼着父亲，示意他和母亲跟上我的脚步，我的声音欢快地回荡着，像在唱歌一般：

“我只想看看我要住的阁楼。”

我们飞快地爬上楼梯，楼梯逐渐升高，就像神话中鸟儿的翅膀，载着我们飞到第六重天，然后为我开启了我那小小天堂的大门。

我冲向那环绕整个房间的玻璃窗，它是那么的华丽又温暖，仿佛太阳藏在其中不曾离开，我把脸贴在上面，哈着气在上面画了个圈，随后擦掉它，把目光抛向远处的大海。海浪汹涌澎湃，翻滚的波涛就像在庆祝我的到来。枣椰树在海对面的人行道上密密排开，风将它们朝着我推过来，仿佛向我送来了问候，也送来它们内心的芬芳。那闪闪发光的沙粒，令我恍惚间快乐又宁静，静候着我的梦想。我在房间里飞来飞去，就像一只不知该停栖何处的蝴蝶。母亲和父亲都笑了起来，我哼着歌，开始规划起屋里接下来的布局：“这里我要放一个宽大的沙发，正对着大海，这里我要挂一幅很大的画，画着母驹在荒野上驰骋，这里，我要弄一个小小的书房，摆上一张书桌，以后就在这学习了，还有这儿……放些绿色植物吧，还有各种尺寸的鸟笼和烛台。”

父亲一边笑着一边评价道：

“你以后就在烛光里生活了吗？”

宫殿的天花板突然沉甸甸地出现在我眼前，散发着压抑的光芒。于是我对父亲说道：

“我不想要水晶吊灯，也不要各种死板静默的台灯。”

我快步走进了即将成为我卧室的那间屋子。它那灰色的墙壁让我大吃一惊，我觉得自己仿佛进入了一个烟雾缭绕的小洞，快要淹没也快要窒息在这片燃烧后的灰烬之中。一时间所有厌恶之物都带着眼泪和长舌向我袭来，使我深陷丑恶的深渊。那贴着镀金壁纸的宫殿墙壁、那黯淡无光的雕梁画柱，统统朝我压过来，我感到窒息，我拂去了漂浮在头顶的灰烬，跳起来央求父亲道：

“拜托您，把这颜色换掉吧，我想让每一面墙都是白色的，像云一样。”

也许父亲心中感觉到了我的窒息，他把指头放在鼻尖，说道：

“别担心，你的所有心愿都会实现的。”

我扫视着房里的空间，规划着其中的家具布局，然后转身对母亲说：

“我要去买张单人床。”

母亲拒绝了我：

“什么？关于你的终身大事，你可还得给我个交代，你总会结婚的，然后幸福美满地度过你的青春。”

母亲的设想触到了我的伤心事，我还没从伤痕累累中痊愈，身体也似乎还病恹恹地躺在病床上。母亲们都是怎么想的？难道我只有找一个男人结婚，才能够欢度青春吗？我打断了母亲那源源不断滋生的美梦，我向厨房跑去，假装没有听见她说的话。她也随我走向了厨房，我站在厨房门口，她却大张双臂不准我进去，只听她坚定又充满温情地说道：

“你不用做饭，这里用来准备些你的小食简餐就够了，你想要吃什么，就来跟我们一起吃。”

她的提议让我心花怒放，她知道我在烹饪方面一窍不通，并且这样就不会有油烟味，也不会破坏屋里的馨香。然而厨房里的琐事并不是母亲心头唯一的担忧，在公寓中转悠一圈后，她兴致勃勃地向我建议道：

“雇个女佣来帮你不是更棒吗？”

仿佛有只饥饿的蝎子潜伏在暗处，偷偷蛰咬着我。

“求你了母亲，不要提什么女佣来烦我。”

她压根没注意到我的请求，反而继续劝说道：

“你这种情况，本就该雇个女佣，这回可没有老头来纵容她、教坏她了。”

母亲知道我对乔琪特和宫殿里女佣的心结，即使这样她仍想要说服我认同女佣存在的必要性，但我却让她的努力白费了，我想一个人拥有这个地方，一个人铺床，一个人擦灰，一个人浇灌植物，一个人清洗窗帘和床单。我想和每一样东西都建立长久的关系，即便我不在房里，它也想念着我、渴望着我，如果我因繁忙远离了它，它会用尽任何一种方式吸引我，好让我回到它身边。我可以随意躺在沙发、地毯或椅子上，就能感觉到它的灵魂的纯洁，而不会有任何不适感，仿佛另一个身体趁我不在，就把他的气味撒向了它。在那个老头儿的宫殿中，每一样东西，不管属不属于我，都可以任由女佣享用，甚至连我的床也没能逃脱厄运，乔琪特情欲上头，便在我眼前和他在床上翻滚起来。

父亲实现了我的愿望，住到了第五层，我坚持要一家团聚，弥补那个老头儿从我这剥夺的东西，于是便恳求哥哥带着他的小家庭住到了第四层，他的孩子们带给我的快乐，丝毫不亚于这栋房子赠予我的喜悦。我给他们找来了秋千和其他有趣的玩具，还给他们买了小帐篷，等到酷暑难耐时他们就会钻进去避暑。我进进出出的时候，看到庭院就是一个迷你游乐园，四处都洋溢着孩子们的快乐，其中有我的侄子们，还有其他住户的孩子们，父亲把其他楼层租给了这些住户。我觉得我的童年也热情地跳动起来，而我从不羞于表达它的悸动。

我开始加入孩子们的嬉戏，参与他们的欢乐，我们一起唱歌，甚至一起尖叫，我在父母眼中看到了同情和怜惜，因为这么多年我都没有过这样的生活，而在阿提亚眼中，我看见了欣喜和快乐，就像已经报复了那个老头儿，那个把我的青春葬送在阴暗宫殿断头台上的老头儿。

我为我的房间挑选了最浅的颜色并为之欣喜不已，房里满是植物、花朵和传来各种鸟鸣声的鸟笼。我坐在宽敞的空间里沐浴阳光，面朝大海，房里充满了温暖的气氛，和我在宫殿里所感受到的截然不同。在这里，连沉默都有了颜色、形状和声音，它变成了一种力量、一种快乐，让我全身发颤。我在植物的静默中感到了四溢的香气，香气中又散发着静默。

音乐在墙壁上绘成了灵动的图画，而家具的声音，就像还没有失去童贞的新娘的呼吸。

我陷入了这美妙的沉默中。海浪在阳光下闪闪发亮，像是太阳上簌簌洒落的透明薄膜。海浪亲吻着那带着笑声的泡沫，仿佛给我送来了返航水手的歌声与故事，他们正满载着珍珠归来。海浪渐渐后退，泡沫也消散殆尽，仿佛仁爱的大手般切除了我悲伤的肿瘤，让我内心的重负与黑暗的回忆也略微释然，我的心欢快起来，像是在麻雀遍布的公园里徜徉。那就是我的梦想，它毫无转折地开辟出一条道路，令我满足不已。日子变得灿烂又愉快，昔日的憔悴印记、还有那令人窒息的夜晚味道都一扫而空。我是这栋房屋的女主人，它井井有条，呈现出清晨般的温暖，而我就像是刚长出绒毛的麻雀，又像是色彩已然斑斓而沉默早已消散的蝴蝶。

我每天早上醒来，都像只蜜蜂一样汲取枕头上发酵的梦的味道。我时常贴着玻璃窗俯瞰大海，深吸一口气，就能收获大海的气味与色彩，随后便把它们存放在双肺之中。我感觉自己像是捉到了一千条小鱼，并在心中为它们准备了一片蓝色的湖泊。我下楼去到母亲屋里，烤吐司的香味扑鼻而来，还有加了小豆蔻的牛奶、装在盘里的鸡蛋，那半熟的煮鸡蛋，正热气腾腾地等着我。我匆忙地一口吞下我的早餐，妈妈很高兴我有这样的胃口，但同时也流露出一丝担心：

“女儿啊，慢慢吃，别噎着了。”

“你做的早餐太好吃了，妈妈。”

她的快乐不亚于我的满足：

“你心头可挂着两个人的健康。”

我不由得笑出声来，引起了她的注意：

“你笑什么？”

“我觉得我太贪心了，想想我如果继续这样胡吃海喝下去，身材会变成什么样啊。”

也许母亲担心我当真了，拒绝再吃她做的美味佳肴，便往我盘子里又添了个鸡蛋，安慰道：

“吃吧，别担心了，肥胖是遗传，我和你爸爸都是瘦高的体型。”

我看着她，她正在往吐司上涂抹黄油和果酱，那白花花的胸脯晃动着，就像是有那么多快乐的小鱼从我心中的湖泊钻到了她的心里，她的脸上洋溢着喜悦，我问她道：

“妈妈，你幸福吗？”

“为什么不呢？我女儿的所有梦想都实现了啊。”

我却略带忧伤地说道：

“但这都是以牺牲你的梦想为代价。”

母亲叹了口气，她晃着手掌，像是想要驱散这种气氛：

“你指那个宫殿吗？对于它的伤感早就过去了。”

而我深知她的伤感并没有消散，因为有时候她会说漏嘴，使得那种不快之情无所遁形，比如有天我布置完屋子，她在里面绕来绕去，对我的品味表示了欣赏，可随即叹道：

“真主啊，只有宫殿才配得上你。”

又有一天，当我和她在宽阔的大宅庭院里散步时，我问道：

“我们种点橘子树和别的什么，怎么样？”

她略带轻蔑地打断了我：

“你是把这个庭院当作宫殿里的花园了吗？就这个大小，种几棵花花草草就足够了。”

当时的我一脸满足，因为我开始跨过宫殿里的晦暗回忆，并试着怂恿母亲也忘记它，然而那座宫殿已扎根在母亲脑海之中，每当我快要忘记，或者每当阿提亚的脸出现在她眼前，它就开始闪闪发光。

一开始母亲的神经就紧绷起来，她不想让我雇佣阿提亚，让他做个守卫并在这栋楼房的别院住下来。她强烈反对道：

“看到他我简直无法忍受，我始终记得他是多么胆大妄为，用声音折磨着你。”

我花了很多时间来说服母亲，对于这点父亲站在我这边：

“你别断了那个男人的生计，他拒绝了宫殿那边，选择在你女儿这工作，不就已经足够了吗？”

哥哥也劝她说，找一个我们都认识的人，总好过一个不认识的。

母亲投降了，但她还是一找到机会就挑阿提亚的刺，骂他几句，或者给他增加工作量，就像在用这种方式，对他之前的所作所为，替我报仇一样。

自从我们离开宫殿后，阿提亚就没离开过我们，在父亲家的时候，他总是在我们周围晃荡，每次他来拜访，我都很高兴，我喜欢他的声音，也喜欢他每次看见我，或是再三请求为我和我的家人提供任何服务时，脸上浮现的那种异样的神色。当我们决定搬到大房子的时候，我终于找到了让他如愿以偿的机会。我委托他找些工人来清扫房子，而他的任务就是监督工人。

他坚持要亲自着手各项工作，不仅如此，他还极为重视母亲那些坚持要保留的老家具，非常小心以免造成任何损坏，即便是一根小小的棍子也如此，尽管他深知母亲并不喜欢他。母亲要把旧家具搬来的事情让我苦恼不堪，我希望让一切都焕然一新，而她却把旧物搬到了新家，于是我建议她道：

“市场上有很多时髦的款式和颜色，换换吧。”

而母亲却坚持保留她屋里大大小小的一切陈设，她一边流泪一边小声说道：

“我搬个家还不够吗？这些都是我的东西，都是我和你父亲的回忆，真主啊，别让我换吧。”

在母亲这，为何一切都爱得如此偏执？她连那个破破烂烂的咖啡壶都舍不得扔，咖啡壶把手都裂了，我想把它扔进垃圾袋，她却冲上来从我手里一把抢过去，她的行为激怒了我，于是我抗议道：

“妈妈，这样不好吧！就连这个也不能扔？”

她突然激动得环抱胸口，就像抱我或者拥抱父亲那样。她边哭边说道：

“你怎么会知道它的价值呢？这是我第一次给你父亲做咖啡时用的壶，是我从阿勒颇带来的。”

我快哭了，我又从宫殿里带了什么出来呢？在我心里，宫殿里没有任何东西值得我留恋，甚至那些我带出来的珠宝首饰，也仅仅是因为我觉得它们是我财产的一部分。在我深切体会到母亲对她的东西的热爱与坚持后，我突然伤心起来，因为它将我扔回那个宫殿里，却不给我任何机会去爱上其中的某物，让我能够感她所感。因此我决定要在我和我那些大大小小的物品之间培养起感情，我要热爱它们，正如母亲热爱她那穿孔的咖啡壶一样。

阿提亚结束他的工作之后，我给了他一个装着一大笔钱的信封。

他没有伸手拿，我便坚决劝道：

“收下吧，阿提亚，这只是一点赏钱罢了。”

他的脸焕发出光芒，就像闪着水珠的云朵。他那温柔的声音令我心醉：

“小姐……如果你真的尊重我，就请接受让我做你的门卫，为您看守房屋吧。”

我大吃一惊，我为什么没想到可以这样呢？甚至当伊曼问我接下来准备怎么处置阿提亚时，也没有引起我任何的重视。现在另一扇大门在我眼前打开，或许我可以再次以女主人的身份占有他。我试图让他明白这一点，让他感觉到自由，但他却恳求我，让我真切地感觉到他对我的执着。我在心里问着自己：他是害怕面对生活，害怕背井离乡，不知道投靠何方吗？还是他想要赎以前的罪孽，或者……还有其他什么我不知道的秘密吗？对于他的请求我很高兴，虽然他是压迫我多年的心结所在，虽然我始终想要埋葬一切能唤起我过去记忆的事情。但我热情洋溢地欢迎着他，也给了他一份优渥的月薪，这可把母亲吓坏了，她再三反对，父亲却生气地责怪她道：

“这是她的钱，怎么用是她的自由。”

父亲的话刺痛了我，好像在指责我因为钱财傍身，就开始作威作福。

我想要洗清这个“罪名”，便说道：

“父亲，不是因为这个，你知道纳伊夫已经给了他一大笔钱。我只是感激他在宫殿里对我的忠诚和袒护而已，毕竟他是在那出生和长大的。”

阿提亚留在了这栋楼房之中，而我，曾体验过他的细心和忠诚，他把安全感播撒到我的心里。我感觉他想为之前的错误赎罪，让我宽恕他、帮他洗清罪孽。我毫不怀疑他的记忆中，还保留着我被皮鞭抽打的画面，但也许不记得任何有关我身体的细节，因为他进入我的身体并非自愿。一个被迫去耕地的人，是不会关心地上石子的大小、土壤是否开裂，不会记住任何细节。

第五章

我的快乐不只是因为自由，不只是如愿得到的那面朝大海的房子，不只是因为我进了大学、始终表现得非常优异，也不只是因为新的友谊，我邀请了一些性格相投的朋友至家中，让各种热烈欢快的交流与谈笑充斥席间，使得房子也明亮起来。那件奇妙的事情在我心中偷偷架起一座放纵的桥梁，像是马蹄踏在贫瘠的土地上，土壤也被翻转过来，里面的害虫被杀死了，珍稀的幼苗开始发芽，我应该好好保护它，让它不要掉落枝头。

就这样我从一开始就感受到了爱，我之前未曾了解过爱的世界，直到我进入其中，才意识到自由和生命的美丽并不完整，除非处于这种令人目眩的光芒之中。爱可以清除灵魂上的斑驳锈迹，给它消毒杀菌。我以优异的成绩升到了三年级，爱情的烈日也开始光辉四射，笼罩着我和吉瓦德教授，我内心的土壤上一片葱郁茂盛，它们枝桠伸展，叶片带着柔软与香气朝我迎面扑来。不仅如此，我那迟钝的身体开始苏醒，我仿佛感觉到溪流的闪烁、笛子的吹奏，一切都能激起颤抖的快感，我像是疯子一样用忘形的手指抓挠，我的表现令他惊讶。

我不知道我有一颗这样的心，心里有个闪闪发光、叮铃作响的金色铃铛，体内液体没有因欲望而沸腾。新的感觉将我平静的生活搅得天翻地覆，也唤醒了岁月的沉默。我对如何处理这种顽固又突如其来的感觉一无所知。我需要一个人带领我在回廊中穿行，我的双脚已踏入其中，却没有任何防备或预警。

他没有向我透露过他埋藏在心底的一切，我却仍旧能从他那张皇失措的眼神中、从他掌心的触碰里感觉到些什么。他的手总能精确地碰到我的手，即便在无意识的情况下。每当我出现在他眼前，而周围又没有其他学生时，他那温柔的拥抱总让我心花怒放。他一再向我表白，我就是他的心爱之人。每当看见我，他都会发出慨叹，双眼亦开始温柔。我缺席的课堂，他就会感觉寂寞不堪。而我也和他一样饱受着相思之苦，品尝着爱情的狼狈与惆怅。

就这样过了几个月，爱情在我们之间蓬勃生长，闪烁着光芒，仿佛用各种方法昭示着它的秘密，而我们却用虚假的沉默把戏欺骗着它。我们都回避着这份感情，保守着这个秘密，虽然所有信号早已明晰，我们却仿佛担心着其中一人会突然远离，带来沉重一击。我心急如焚，等待着他从沉默的漩涡中走出来，虽然我也渴望着从沉默中脱身而出，却仍坚持着、抗拒着摘下内心的幕布。尽管他总是向我强调对我的痴迷与爱恋，但也许我还是误解了，那散落在我身上的柔软碎片，也有着刀剑般尖锐锋利的棱角。就这样我忍受着心头的刺痛与思念，等待着他从沉默中解脱出来，承认我们的爱，亦赠与我坦诚的花朵。

在那个阴沉的冬日早晨来临之前，我始终没有死心，也没有失去希望。那天他终于解开了舌头上的死结，向我承认了一切。

那一瞬间我感觉所有的阴霾都被撕裂开来，池塘将水撒向干涸的地面，土壤便饥渴地吮吸起来。我感到心中的花朵突然嫩绿了枝干，花苞也悄然生长起来，那张开花瓣的玫瑰，就像一张嘴印下了一个急促的吻。我也向他倾诉了我的感情，毫不犹豫又无所畏惧地把我那热恋之烛的光芒、少女情怀的忐忑，统统向他播撒。当时的我，被爱情填得满满当当，身上的重担也轻盈起来。我终于逃离了沉默的漩涡，开始把爱的呐喊挥洒在每一个地方。随后我带着沉甸甸的欢喜离开了他的办公室，可快乐为什么会和成吨的钢铁一样重如千钧！

大约两天过后，我终于能够独自承受这种重量。我需要一个可以容纳我这些“钢铁”的空间，来平息我内心的震颤，让我被关怀所包围、被温情所环绕。

还有谁？除了母亲以外，还有谁会不顾我的搪塞与欺骗，始终毫不掩饰对我内心的关切与担忧？当我开始发生变化时，母亲开始用自己的方式搜寻变化的原因，并自以为我会对她的方法毫无察觉。一个女人始终怀揣窥探另一个女人的好奇心，我感到很不满意。母亲内心颤抖的八卦之魂并不总是在担忧她的女儿，但她有一天还是忍不住直接问我了：

“你的同学和老师里，有谁特别喜欢你吗？”

我一边提防着她从我的脸上察觉出我的秘密，一边答道：

“有很多呀，母亲，但我并不是很在乎周围人的感受和看法。”

她又再三询问着，试图探寻我内心的窝巢，从而发掘出那被隐藏起来的雏鸟：

"但是在这些人中间，肯定还是有一两个特别的。"

我想让母亲觉得她已经获得了我的信任，便没有再搪塞她。

我承认道：

"有那么一位教授，我感觉到了他的重视和……喜欢。"

"那你呢？"

母亲用一种急切的口吻追问道，然后等着我的回答，我还没有开口，她又突然追问道：

"你喜欢他吗？"

我不想撒谎，也许我还想要故意向她抛出第一条线索：

"我很欣赏他，也很高兴他对我的感情。"

母亲兴奋不已，虽然她还想要打听更多，但她发现我不愿意吐露更多的细节。可是今非昔比，现在的我，承载着满满的快乐，我不认为我能够隐瞒住自己的秘密，也压抑不住自己的感情。我朝她奔去，扑进她的怀抱，把头深埋其中，我的脑海里充斥着教授的身影，我的心早已褪去衣饰，裸露在母亲的眼前。依偎在她的胸口，我透露了自己的第一个故事。

母亲们的心通常都不会轻易满足，她们不会因为"婴儿出生、一切平安"这些喜讯就感到十足的满意，而是立即就想知道胎儿的性别：男孩还是女孩？

这时候母亲的心中，无法接受只被告知结果的爱，她抛出了另一个问题，让我苦恼不堪：

"他没向你求婚吗？"

我的心开始呻吟，心中的小树开始摇摆不定，我可不希望它的枝叶被第次一击打就掉落下来，于是我离开了她的怀抱，就像有风正在里面狂啸着将我推开，我看着她，极力压抑着内心燃烧的怒气，接下来我话里夹杂的东西，让我自己感到突然，也让我烦恼不已：

“母亲，你脑子里只会想着结婚这件事，而爱情……它在你这就毫无价值可言吗？”

她摇晃着双肩：

“如果通往婚姻大门的道路清楚又畅通，那么对爱情又有什么阻碍呢？”

尽管被激起了隐约的怒气，但我并没有怀恨在心，也没有后悔之前的坦白。我能猜到她的感受与担忧，无论如何，在她的心里，我还是她的宝贝女儿。在她看来，在这个残酷的社会看来，我只是一个饱受猜忌和流言蜚语的年轻寡妇。母亲最大的梦想，就是我能找到一个良人，他可以弥补我的情感和青春，和我在那该死宫殿中的遭遇，那有什么不可以呢？但是这个美好的梦想，并没有缓解母亲心中的忧虑，相反却暴露了她纷杂的思绪。在听到我的第一个好消息之后，纷杂的思绪便牢牢压制在了她内心的快乐之上。我感觉仿佛有一块尖利的岩石凸起在我的喉头，而我那压抑的叹息不停地在石头上磨来磨去。我上楼回到自己的房间，希望那里的静谧可以粉碎这块大石。难道我已把忧虑注入心中，从而赶走了那满心的快乐吗？难道我错了吗，不该向母亲坦白我的内心？那么母亲们那敏锐的心，到底是为谁而创造的？难道她们的心不该是柔软的天鹅绒，供我们快乐时在上面打滚庆贺？难道她们的心不该是充满安全感的空间，供我们在其中丰满羽翼、躲避危机？我曾想要她伸出援手，却没想到我的求助，反而让她伺机抓住了那串掌控我自由的金钥匙[1]。

母亲把注意力集中在了我身上，她开始仔细观察我的喜怒、我的沉默、我频繁的外出，甚至那些曾经讨我欢心的孩子们的玩闹，现在却令我厌烦懊恼，这也落入了母亲的法眼。她的监视就像蜘蛛一般，在我周围撒下蛛丝将我缠绕，令我窒息，而她的借口则是“人们的闲话”。难道为了取悦他们，我就得重新变成一只担惊受怕的老鼠，被那老头儿活埋，被那宫殿的高墙包围囚禁？难道在我盼到了黎明、获得了草原后，还得屈服于新的禁锢之下？母亲的疑虑像火一般灼烧着我，我开始刻意回避，避开她那带刺的尖钉，我逃掉了她准备的美味早餐，也避开了曾经很重视的晚餐时光，毕竟那时候可以见到父亲，有时还能跟哥哥和伊曼碰面。母亲用各种问题摧残着我，全身心投入到窥探我的心事之中。而父亲、哥哥嫂子的出现，给了我一些慰藉，但是这也不能阻挡她继续利用各种机会窥探我。她总能找到一个渠道，将苦涩的问题和严厉的警告从其中向我抛洒而来：“你得记住，人们的眼睛是不会合上的，他们的舌头也不会对你仁慈。”

母亲对我毫无怜悯之心，她并不体恤我的内心，也毫不同情我的灵魂，而是喋喋不休地念叨着：“你是个寡妇……你担心的该比姑娘们更多。”在发现吉瓦德并没有挥动白旗、身着白衣向她投

① 金钥匙：我自由的金钥匙总有人探头探脑的试图偷窥。

降之后，她毫不掩饰对吉瓦德这匹她难以驾驭的悍马的攻击。她开始询问我关于他生活的每分每秒，而那些我全都一无所知。我并不在乎我的事搅得她心烦意乱，可有一次她突然向我发问，问题像一支利箭穿透了我的心："他结婚了吗？"，这个问题点燃了我沉睡已久的好奇心，我便找了个机会向吉瓦德抛出了这个问题。我把鱼钩抛向大海，希望收回鱼钩时上面仍旧轻飘飘的空无一物，然而却捕获了沉甸甸的回复和他的不悦：

"我妻子是美国人，她住在那边，我时不时会过去看看她。"

母亲并没问过他有没有小孩，我也不知道是什么驱使我问出了这个问题。他很不耐烦，但还是给出了详细的回答，好让我不要再提出更多的问题：

"我有个儿子，九岁了，跟他妈妈住。"

然而我内心的煽动者还在继续煽风点火：

"你的妻子没有离开你吗？"

像是我往他头上浇了滚烫的水，又像是刺伤了他的男子气概，他的脸憋成了深红色，他的声音也颤抖起来，粗鲁而又怒气冲冲：

"我什么时候问过你关于你前夫的事吗？还有你过去生活的秘密？"

我大吃一惊，我为自己的纠缠不休感到羞愧，感觉它破坏了我们之间的纯粹时刻，我努力想要缓和他的怒气：

"如果你问的话，我会跟你说。"

他抬起手放在我脸颊上，作为红色通行警戒的标志：

"我不会问你的，我也不想你再问了。"

他刺伤了我，但我得忍住这伤口的疼痛，因为是我把刀递给了他。我的内心开始埋怨起母亲，因为是她使我陷入了这样的困境。我转身背对着他，随后退了出来。

我以为他会追上来，为他的粗鲁道歉，可他没有这样做，我才意识到这粗鲁是他隐忍的怒气。

那一晚我无法平静，各种晦暗的念头在我脑子里翻滚，就像一群苍蝇在四处乱窜："一个像他那般英俊的男人，生活中又怎么可能少了女人？是他主动远离他的妻子吗？还是他的妻子认为自己逃脱了那些只有她能发现的、属于妻子眼中的那些隐藏缺点而主动离开？就算他能忍受远离妻子之苦，又怎么能忍受和孩子分离呢？他还那么小，那么需要父亲的关怀。难道他生性如此凉薄，以至于体内的父爱和温情都那么的无动于衷？他一个人是怎样生活的呢？他去哪里消耗身体的能量，又如何解决生理上的需求？他是不是用各种女人的爱作为补偿，除了我一个，还有许多女人都被引诱到了他的温柔乡里去？"

我的脑海中浮现出他所有的模样，他那高挑的身材、宽阔的胸膛，他那挽起长袍袖子时汗毛簌簌抖动的双臂，他那充盈着玫瑰色光泽的棕褐脸庞，光彩仿佛在他两颊间流转，他那微微弯曲的鼻子，鼻尖快要碰到浅亚麻色的胡须，他那杏仁般窄窄的双眼，上面是两条贴近的、快要互相交缠的剑眉，他那微张的双唇总是很湿润，像是一颗饱满多汁的草莓。我得承认，当我在报告厅门口第一次见到他的时候，他的俊朗与潇洒是最吸引我目光的东西，然而当他将自己人格的魅力、灵魂的宽宏与谈吐的优雅一一展现之后，我那无法从他的外表上移开的眼睛，就再也看不见任何男人了。

他是那么有耐心，那么从容，他不会敷衍任何学生的提问和疑惑，可当有人迟到或者在课堂上喋喋不休，他又会变得很严厉起来。

所有这些特质都是那么招蜂引蝶，也吸引着除我以外其他女生的追随，她们总是用各种理由作为幌子，好多跟他站一会儿，或是再谈笑片刻。然而当我站在一旁，等着他从“重重封锁”中突围时，他的双眼总会朝我的方向游移。随后他会先我一步去到他的办公室，我懂得他的暗示，便紧随其后。

他的柔情蜜意为何会消散？他的品味为何会在言辞中变得庸俗不堪？而这也让我跌入了猜忌的地狱之中，被苍蝇的嗡嗡声萦绕。我又该怎么跟盼婿心切的母亲交代？母亲甚至还想过他会跟我结婚，现在我有了个“同夫的姐妹”，即使她远在异国，母亲还会觉得心满意足吗？我不会责怪母亲的担忧，虽然这种担忧通过种种行为加剧了我的压力，我也不会责怪自己的内心，虽然有时会冒出试图切断那根弦的行为。那一晚我毫无睡意，始终像浪潮一般，时而因对他的思念而澎湃骚动，时而又因对母亲的伤感而归于寂寥，毕竟是她的忧虑，将我推入了如今的局面。

吉瓦德对我是多么残酷无情啊，他的抗拒和冷漠都在折磨着我，他对我毫不在意，还想给我个教训：不要再打探他的隐私。

尽管我不甚情愿，他总算是给了我一个机会，让我可以在他面前翻身，我下定决心从他的圈子中钻出来。我感觉那夜晚的抚摸是如此真实，每当我瞥见他的身影，就仿佛看到了一场婚礼的举行，心里锣鼓喧天，我这才意识到，爱情已经在我心中的处女地绽放，我那灵魂深处的欲望已然觉醒。而在这之后，我那脆弱的决定是多么的不堪一击。一个个沉默的夜晚去了又来，而我始终被那混乱的感情折腾得辗转难眠。我在对他和对母亲的两种爱中左右为难，而母亲对我的担忧以及我对吉瓦德、乃至对接下来尚未扬帆起航的生活的忧虑，也让我摇摆不定。我是多么希望他能主动向我母亲伸出手来，然而爱情的力量是压倒性的，在它的魅惑下，我带着复苏的蓬勃欲求不得不转过身来。它唆使我的心站到母亲的敌对方，而我也忍受了长达十天吉瓦德的回避，这段日子是那么的暗无天日、痛苦万分。当我的痛苦和忍耐都到达尽头时，我不得不朝他的办公室走去，我步伐沉重，心头的羽毛却在燃烧，我的翅膀着火了，快要腾空飞起来了。我敲了敲他的门，而心头的敲击声比手头更甚。他朝我转过身来，转了一半又回过身去，将手头的纸张继续翻来覆去，就像对我的出现一样毫不在意。虽然有些羞涩，我还是走了过去，跟他打了个招呼，他回应着，仍旧没有回头。我忍受着他的怠慢，轻声跟他道了歉，我特意准备了煽情的言辞，说着说着他站了起来，脸上笑意弥漫，脸色红润起来。在我看来，他的笑容并不是因为我的回头而感到开心，反而更像是实现“男人的胜利”之后的喜悦。他一定无比迫切地等待着这一刻的到来，他终于成功地“教训了我”，他胜利了，因为他控制住了自己的情绪，使得一个弱女子主动前来求和、道歉，这个弱女子的脸上烙满了失眠和思念的印记，她的声音里涌动着屈辱的恳求，试图获取宽恕。我一直闷闷不乐，直到他抓住我的双手并紧握手中。我并没有感觉到太多的温暖与安全感，我也无法理解他那温柔的细语，因为它们已经迷失在我的灵魂深处。我心中有类似烙铁的东西在熊熊燃烧，这使我第一次闻到了在他面前惨败的味道。尽管如此，我还是无法做出任何决定去斩断我和他的关系。和他疏离的十天是那么的痛苦与煎熬，这种痛苦与煎熬的尖牙印记，仍旧深深扎在我的血肉之中。

爱情支配着我，吉瓦德也变得愈发大胆起来，他邀请我去各种咖啡厅和餐馆，我都欣然前往，他还让我陪他去拜访一些已婚的朋友，我也都一一应约以讨他欢心。我对他的顺从，使我尝到了些许爱情果实的甜蜜滋味，我允许他拥抱我，允许他那不安分的大手抚摸我的发丝和脖颈，允许他的双唇印上我的侧脸，这感觉令我战栗，令我如遭雷击，就像是被月亮击中的一颗星。至于夜晚，则都是在电话中度过的，电话线浸泡在各种甜言蜜语之中，他那甜美的声音，带着恋爱的印记，源源不断地渗入我心里，然后开始兴风作浪，以摧枯拉朽之势推倒我所有的心防。于是我大汗淋漓地浸泡在热恋之中，浸泡在来自禁闭之门的洪水里，这些昔日紧锁的大门，还不熟悉爱情弥漫与奔涌的情形。我被他那狂热而澎湃的汪洋席卷着。为了不破坏这份愉悦，也不浇灭母亲的希望，我开始骗母亲，我总是偷偷地溜出去，又悄悄地潜回来。当她收紧喉咙时，我便使用各种摆脱她的办法，我开始误导她，把我的车停在车库的一角，然后徒步走出去，吉瓦德会开着他的车，在旁边一条街上等我。当然我也不能忽略她有可能去我的房间，于是我写了一张字条贴在门上：“我睡了，请勿打扰。”我还特意提醒阿提亚，让他别告诉母亲我出去了，他则非常乐意助我一臂之力。

那次我出门的时候，阿提亚正在帐篷里跟孩子们欢快地玩耍，我感觉他是为了报复母亲才答应我，毕竟母亲一直格外厌恶他的存在。有天清早，我在院子里晒太阳，便问他道：

“你为什么要帮助我？”

他叹了口气，然后激动地说道：

“因为我……。”

他没说完，我盯着他的双眼，随后他像是抓到救命稻草一般，说出了另一个理由：

“因为你是我的女主人，我得听你的话。”

我陷入烦恼之中，这不是我想要的答案。这种烦恼让我感觉自己跟那个老头儿没两样，而阿提亚仍然像一条顺从的狗，听了主人的吩咐便去执行各种严酷的命令。我对他发火了：

“你怕我，却不怕我母亲吗？”

母亲分明刺痛着他，他却以德报怨地说道：

“我是你的奴隶。”

我对他吼了起来：

“你不再是任何人的奴隶了，忘记过去的事吧，阿提亚。”

他大胆地注视着我：

“那你呢……你忘了吗？”

我肯定地答道：

“我已经永远地忘记了。”

他分明不相信我的话，盯着我，眼神里又多了几分放肆，他再次向我确认：

“所有的……所有一切在宫殿里发生的事情？”

我明白他所指的东西，我决定帮他卸下心头重担：

“没错阿提亚，所有一切，相信我，所有事情我都忘了。”

他的头垂了下来，他闭上双眼，眼皮之下仿佛酝酿着两颗豆大的泪珠，他一睁开眼，泪珠便滴落下来，我仿佛看到了那眼泪散发着热腾腾的蒸汽往上飘浮。我突然涌起一股怜惜的冲动，便伸出手指帮他擦拭泪痕。让我猝不及防的是他突然间抓紧了我的手，并放在他脸颊上摩挲，一阵滚烫的颤栗向我袭来，我不想在这一刻打扰他，虽然感到了痛苦，却只能把这苦痛咽下，直到他抬起眼睛，用柔和的声音说道：

“这一刻我终于感觉自己解脱了。”

我放下心来，涌起一股对他的强烈感情，我笑了。

我戏谑地对他说道：

“既然你自由了，那就得结婚啦。”

他害羞地低下了头，双手交缠着把玩着手指，然后抬头看着我，小声说道：

“我想娶一个像你一样的人。”

我的心又战栗起来，一个生活在奴隶制家庭的人，也可以幻想娶一个像他女主人那样的妻子吗？可……可以吗？一个问题在我脑海中挥之不去：他到底爱我吗？我克制住内心的翻腾，我笑了，然后承诺他一定可以美梦成真。

那一晚哥哥突然来找我，夜已经很深了，他向我解释着突然造访的原因：

“我知道你还没睡，因为你马上就要考试了。”

我并没有什么不祥之感，我猜他又跟他妻子闹了矛盾，因为通常他们都会来找我充当和事佬。但当我问他时，他却友好地向我表示他俩仍然关系融洽。可他那躲闪着我的目光暗示着一定有什么关于我的事。

我又猜是不是母亲抱怨了什么，因为我总是回避着她，我准备抢占先机开始抱怨她，来反击她的怨言，这样就不会泄露我老往外跑的原因。但哥哥说他顺道去了我的大学，看了看教室和同学，他的话超出了我的预料，让我一时间措手不及：

“吉瓦德教授怎么样？”

一阵心悸袭来，他到底是为了提到我的爱人，还是为了用那隐藏在问题后面的东西吓唬我！我费力挑选着尽可能轻松平常的答案，不想泄露了内心的惊涛骇浪：

“挺好的，他是个优秀的教授，在教学上很费了一番心血。”

我敏锐地察觉到了哥哥话语背后的暧昧：

“他只在教学上花费了心血吗？”

颜色开始变幻起来，我得小心，我得假装成一个色盲：

“你什么意思？”

哥哥叹了口气，把我的搪塞闪躲尽收眼底。他盯着我的双眼，随后说道：

“听着娜迪亚，接下来我要跟你谈谈关于你的事，出发点只是因为我爱你、担心你，没别的意思了。”

我的心跳加快了，准备好投身到一场激战之中，如果他要对我发动攻势，我会努力为自己辩护。我差点就抢先一步，开始对他恶言相向，但我突然间灵光一现，决定继续装疯卖傻：

“好吧！你到底在为我担心什么？”

哥哥温和地抛出了话头：

“一个多月以前，我就看到过你从他的车里下来了，我心想也许是你的车坏了，就找了个同学送你回来。又有一次，我看见你和他在餐厅里，我想，这也是同学之间的寻常小事，所以我没跟你谈论过这个话题，我觉得你有权和信任的同学打打交道，但是！。”

他沉默下来，仿佛在给自己酝酿更多的勇气。我的心始终剧烈跳动着，但我还能开口说话，我尽量压低了声音，好让他不会察觉我话中的颤抖：

“但是什么？你听到什么困扰你的事情了吗？”

他不停地点着头：

“本来我以为他是你的同学，后来才知道他是你的教授。”

“有什么区别呢？”

他声音里的尖锐暴露无遗：

“区别是教授居然变成了你的爱人，有些事是可以被允许的，但有些事必须得停止，是什么让你胆敢陪他去登门拜访他的朋友？你有什么身份？”

我感觉自己落入了他的圈套：

“你是怎么知道的？”

“你居然去了他朋友家里，这太让我尴尬了，他那个朋友也是我的同事。”

一阵挫败感袭来，我低下了头，他却继续说道：

“从那时起，我就不得不开始调查他，我只是提醒你注意，你并不是唯一一个陪他去拜访朋友的女人，吉瓦德除了你，还跟一大堆女人有来往。”

他把箭瞄准了我那颤抖的心脏，我试着辩解道：

“但他爱的人是我。”

他的眼中涌出一抹同情：

“吉瓦德根本就是一个不懂爱情的男人，他的浪潮不会从你这撤走，但你得强硬些，再谨慎一点。”

他站了起来，我也随之起身，他温柔地将我拉入他的怀中，低声说道：

“我相信我的妹妹，我也希望她不要让全家人失望。”

哥哥没有再多说些什么，他没像母亲那样用喋喋不休的警告和叮嘱令我沉重不堪，他也没有提醒我是一个寡妇，人们会时刻盯着我、诋毁我。他只需扔一颗小石子在我的池塘中，我便会久久凝视那漾起的波纹和气泡。我感受着那水泥质地的池壁，确认它的边缘是依旧坚固，还是已然裂开。也许他想要让我自己去发现，我的池塘是否依然健康，那样我就能决定，是继续在里面游泳，还是清除其中的苔藓，以免淹没在一片腐烂之中。

关上房门之前，我鼓起勇气向他要了一支香烟，他毫不犹豫地点燃一根，然后递给了我，脸上洋溢着笑意：

“虽然两者都有害健康，但香烟的危害还是要比爱情仁慈多了。”

他出去了，给我留下一片寂静的空间，寂静像沙漠一样蔓延开来，而我像一只饥饿的鳄蜥，在沙海中浮沉飘摇。我被一团乌云笼罩着，然后镀上无声的光芒。我仿佛变成了一根被开膛破肚的无芯蜡烛，没有人想要对它施以援手，递过去一根火柴棍照亮黑暗。沉默加重了压抑之感，像狂风从四面八方引来了更大的风暴。我劈开了脑海中的盲区，那些曾被我忽略的问题，我从未像浇灌内心的花园那样对它们加以滋养，而是将其屈从于爱情的力量下。而每劈开一处盲区，都会种下一个新的问题，我只能靠回忆找寻过去的立场，我曾仔细研究过吉瓦德的秘密，但从不重视也不去思考结局。

有一次，吉瓦德想来我的公寓见我，当我表达出惊讶和犹豫之时，他便用甜言蜜语再三怂恿我，让我答应：

“我想看看我的小宝贝梦到我时睡的地方，想看她和我在电话上窃窃私语时坐的地方，想看她学习的书桌，想看她洗澡的浴缸，每当我思念你、想你的时候，我都希望能占有你和你所处的地方。”

他就这样诱惑着我，我满心欢喜地同意了，然后急匆匆去找母亲。我带着对他的爱情向母亲冲去，高声说道：

“他想来拜访您，可以吗？”

“到我家里。”

她抓紧了我的手臂，简直快要把它捏断了：

“你这个疯丫头！如果他真想来，就得来这里见见你父亲。”

母亲的想法令我反感不已，这么快她就开始幻想他是来向我求婚的，我赶紧打断了她的想象和期盼：

“母亲，他只是想来看看我，并不是前来求婚。”

母亲大喊起来，声音里充满了对他的埋怨：

“又是这样！你得长长眼睛，认清楚他的懦弱！”

于是我婉拒了吉瓦德的要求，我向他转述了母亲的愤怒和拒绝，并尽力安慰着他，可他脸上却浮现出一丝不悦：

“你真是太软弱了，被你母亲这个独裁者治得服服帖帖，完全不会捍卫自己的权利。”

现在回想起那一天，我不由得埋怨自己，懊恼不已，我当时应该先于母亲让他知道我的强烈拒绝，在他把母亲形容为“独裁者”的时候，我也该爆发出来，捍卫母亲担心女儿的权利，但我却没有这样做。我在他面前显得那么软弱，完全被自己的感情所支配。那天我所在乎的一切，不过是想安抚他、消除他的愤怒，我甚至顽固地把一腔怒火泼洒到母亲身上，认为是她破坏了他的心情，于是我抗拒着母亲，在她的担忧下继续着和吉瓦德的关系。现在哥哥也参与其中，出于善意的担忧，他也让我当心这片爱情的蜃景。

那么吉瓦德怎么办？在被爱情的蜃景重重包围之后，他的自私会将我推向何方？也许这是个尚未来临的问题，也许等到答案出现的时候，它会自动浮出水面。

在和哥哥温情满满的谈话后，我的甘霖开始逐渐减少落在吉瓦德这块土地上。我不再陪他去朋友家，也没告诉他哥哥已经发现了我们的事情。我不再经常和他一起去餐厅，还把电话扔在了一旁，我不再主动联系他，即便电话铃响个不停，我也无动于衷。我想要他明白，我并不像他想象得那般软弱和简单，我想要按自己的意愿作出决定，而不受任何人的推动或怂恿。

这种执拗是多么快乐！但它并不轻松，吉瓦德仍然在我的血液里翻滚，在我的沉默中将我包围，把他的香味、他的声音、他的模样四处播撒。想他的时候我仿佛在燃烧，又像被切成了碎片，我的心在思念中恸哭，这段尽力忘却的时期比宫殿里的压迫更加不幸，忍耐将我折磨，夜晚将我融化，我流下的眼泪比海水还要咸。我被精神上的饥渴包围着，就像幼虫被喷了杀虫剂。整整一周我都在忍耐着，压抑住自己的任性，但我再也不能将我那燃烧的思念像破洞一样缝合起来，我拿起电话，用手指拨出他的号码，却在担忧中摇摆不定：我要是吃个“闭门羹”怎么办？

电话里的提示音仍像疯了一般响个不停，我神智错乱、张皇失措地等待着，最后他终于慷慨地拿起了听筒，我抢先说道：

“你睡了吗”？

耳边传来他那近乎咆哮的责备声：

“是你？！我从来没想过你居然会冷酷到这个地步！”

我想用冷漠的态度来威胁他，虽然这让我感受到了忍耐的苦痛和饥渴。他还是保持着沉默，于是我调整了自己的态度，也改变了原本激烈的语气。我担心当他的声音向我扑来，我会爱火重燃，接着就会被他揭穿，但他却表现出一副跟我受了差不多痛苦的模样，等着我抢先说话。他越过了我激烈的言辞，开始抒发他的感情，表达他的思念，他在措辞的选择上是那么聪明又大胆，而他声音里的摇曳像一把斧头砍倒了我的抵抗之树，紧接着树枝便枯萎松弛下来。我泪盈于睫，刚想出声却被泪水噎住，只能发出丝丝的鼻音。只听他责备我道：

“你在哭吗？这到底是思念的泪水还是悔恨的泪水？”

我情难自制，泪水疯狂地涌出，忍耐让我痛苦不堪，我的苦痛已经到达崩溃的极限。所有的情绪都被我倾泻而出，曾经因我的顽固而干燥贫瘠的小路也被润湿，我洒下我的玫瑰花瓣，炸响我的惊雷，迸发我的闪电，我顺从着我那闪着光的疯狂，直至光亮熄灭。

在那一次的疏远离弃和重修旧好之后，吉瓦德变了，他开始更加强硬地要求我跟他一起出去，他开车带我到黑漆漆的大街小巷里转悠时，也总让我呆到很晚才回家。有一天晚上，他把我带到一个偏远的、荒无人烟的地方，四周都被寂静所笼罩。那里的阴暗令人不安，街道也分外狭窄，我坚持要在警察或者警车出现之前赶紧离开这个地方，他却嘲笑我的天真，他近似强迫地将我紧箍在怀中，试图亲吻我的嘴唇，我激烈反抗着推开了他，他冲我吼道：

“我不懂为什么你明明爱我，却抗拒和我接吻！”

我挑衅着他：

“如果我爱你，就该不管不顾去犯错吗？”

他讽刺般说道：

“这不是理由，在我看来，你就是个冷漠的女人。”

他也在挑衅我，他想用这些话刺激我，让我挑战自己，向他证明我相反的一面，但我却反击道：

“太好了，你终于发现了，我就是个能把所有天性都冻在冰库的女人。”

我的反应让他很不高兴，他开始怂恿我反抗自己：

“你是个年轻又漂亮的女士，怎么能轻易埋葬你的青春、封锁你的身体呢？”

我想要打他的脸，便说道：

“是谁告诉你我打算封锁自己？”

他的脸上散发着胜利的光芒，他以为我向他发出了邀请，然而我却抵制住他的热情，把他的喜悦一把抛开：

“如果来的是警察，我一定毫不迟疑，他值得我的美丽和……我的热情。”

他发出讽刺的大笑：

“你还真是骄傲。”

我满怀自信地答道：

“我知道……但我会实现的。”

他调整了坐姿，好像耐心已经消失殆尽，然后猛踩油门，我的目光被一群受惊的野猫吸引过去，它们原本躺在地上，却被轰鸣声吓得跳了起来。他在大街上竟开出这样的速度令我害怕不已，但我不敢要求他开慢一点，担心他会利用我的恐惧继续加速，那样我会吓死的。

我注意到他把车驶向了一条并非回我家的路：

“去哪？”

“我想带你去我家过二人世界。”

一股怨恨之情向我袭来，于是我朝他吼道：

“你觉得我会同意吗？”

我的拒绝让他面露厌恶之色，他怒气冲冲地说道：

“你居然在那方面没有兴趣，这合理吗？”

我提醒他：

“如果我不想吻你，又怎么会去你家呢？”

他的脸上闪现出无耻的傲慢：

“很多女人都希望这样。”

我明白了。他遇到过犹豫的女人、拒绝的女人，也有让他得手的女人。

他看到我的反应之后，直接反唇相讥道：

“你怀疑我的品味！看啊，现在是你跟我在一起。”

我无言以对，只能紧紧缩成一团，我感觉到了他的侮辱，这也提醒着我，我原来只是那些女人中的一个而已。

一阵令人沮丧的沉默笼罩着我，就像蠕虫噬咬着我的血肉，并以折磨我为乐。我希望自己能跳出车外，一死了之。他注意到了我的压抑，便伸出手掌试图抓住我的手臂，而我紧贴着我那侧的车门，想要远离他。

“你在烦恼什么？”

“我被羞辱了。”

“你把我对你的爱当作一种羞辱？”

“我不会让你得逞的。”

车停了下来，他转身面对我，眼睛里闪烁着可怕的光芒，他的声音带着明显的抽搐：

“你在害怕什么？你是个寡妇，只要你愿意，你就有权享受。”

母亲总是提醒我是个寡妇，这让我担惊受怕，而他又想让我毫无畏惧地满足他的欲望，也因为我是个寡妇！我不得不反击他的羞辱：

“你妻子孤身一人在那边，也像个寡妇一样，那她也有权利跟别的男人寻欢作乐吗？”

他陡然一惊，像是我的话伤害到他极为神圣之处：

“我的妻子是爱我的，她不会这样做。”

他到底是在回答我的问题，还是在堵住我刚才在他脑中猝不及防钻出的小孔，唯恐再动脑思考，其中的火山就会喷发？亦或是一种动物的信心，认为只有自己的气味才能吸引自己的女人？尽管如此，他还是放出了狠话：

“她要敢这样，我杀了她。”

我吓了一跳，他如此迅速的自相矛盾让我害怕，先是对爱情过分的自信，然后又是极度的怀疑，如果她真做出丑事，他居然会干出犯罪的勾当。

又一阵沉默袭来，所有的话语像是被我捏成碎片，化作尖锐的碎玻璃悬在我喉头，我又像在汹涌的大海中挣扎，终于抓住了我的决定并向他抛了过去：

“现在马上送我回家。”

我带着满腹委屈和一腔泪水，毫不犹豫地敲着母亲的房门，只有母亲的心，才能满足我寻求安宁的需要，无论它承载着多少困苦，表面仍旧铺着细腻的枕头。

母亲打开了门，我冲进她的怀里，像一朵没有枝干的花，像一只没有翅膀的蝴蝶，又像一根没有光亮的蜡烛，而我将希望寄托于她，想让她修复我崩溃的内心。

她却大叫起来，仿佛内心深处涌起了无限惊慌，她将我紧紧箍在怀里，让我把一切事实都和盘托出。我佯称和一个亲密的朋友吵架了，她将我湿润的脸庞抬起来，用怀疑的目光注视着我，我感到有什么从她的胸口跳了出来，一把揭穿了我的谎言：“是吉瓦德吧。”

她的语气中掺杂着喜悦，仿佛她正等待着我和他结束的这一刻，如果我承认的话，她的心会感到快乐吗？我也会从中得到更多的力量，得到她的安慰吗？亦或当她知道所有的细节之后，便会让父亲和哥哥去找他报仇？又或是他们会合伙阻止我再去大学？而距离毕业只剩不到几个月的时间了。在那雷鸣般轰隆又残酷的瞬间，我的脑海里急速闪过各种无法平息的推测，于是我决定继续撒谎，不要再给自己开一扇平添烦恼的新大门。我发誓得保守自己的秘密，我只要在她那播撒下我的痛苦，然后溜回我的公寓，这样就够了。当时的我需要安宁，只有在安宁中天使才会降临在我的内心，抚慰我的恐惧。然而除了沉默的安宁和我孤身一人，那里也别无他物。

公寓以沉默迎接着我，除了玫瑰色台灯的闪烁，以及透过窗户玻璃洒进来的街巷灯火，再也没有其他光亮。

我那疲惫的身体松弛地躺在沙发上，我把灵魂抛散在各个角落的沉默之中。感觉自己躺在秋千上，让秋千肆意摇晃着我那疲惫的身躯和烟尘弥漫的内心。我没有感觉到沉重的静默，对我而言，静默就像个客人，一个仁慈的客人，并不会给主人带来压迫感的客人。我包容着静默，我在其中放松着身心，我被卷入它那丝绸般柔滑的褶皱之中，它用缤纷的色彩挑逗着我，用类似露水在叶片上滑过的沙沙声在我耳畔低语。在和吉瓦德掀起的那场大风暴之后，我急需一个安宁的空间，于是我只能屈服于静默，一种类似晕厥之感若隐若现，我本来快要恢复精神了，一个突如其来的问题却像耳光般扇在我脸上，搅得我心神不宁："然后又怎么样呢，吉瓦德？现在我知道你离真正的爱情遥不可及，也远离我的真实和我的存在。当你想要肉体和享乐，便唆使一个被剥夺了权利的寡妇撕开她的面纱，变成你的情妇，你想把爱情的纯洁变成罪恶的泥泞，我是不可能让你得逞的。我在那个宫殿的时候，不得不屈服在老头儿的占有压迫和他令人作呕的欲望下，他甚至会跟一具没有灵魂也没有欲望的躯体性交。而你！如果你是那个点燃所有导火索的男人，那么我绝不会给你一个不受社会法规和真主律法约束的身体。

我心神忐忑，沉默突然膨胀起来，而我的怨恨也随之越变越大。战争将火焰全部延伸到吉瓦德身上，想要烧死他，爱情会在还没看到它褪色的那一刻就熄灭吗？然后又在重逢的恐惧中复苏？

我看了一眼沉默的电话，如果他现在打过来跟我道歉怎么办？如果他那夜晚的思念再次涌来，和我的思念不期而遇怎么办？我要投降吗？给他个机会打败我自己，然后屈服于他的欲望之下？我会让他赢吗，让他战胜我这个虽然弱小，却也曾赢过那个老头儿的女人？

仇恨在我心中沸腾，我对他每一刻的爱都变成了懊悔，它撕裂着我，强烈要求着我要维持我的尊严和我心中残存的火光，也翻过生命中这黄色的一页。我毫不犹豫地伸出手，拔掉了电话线，我吞了两片扑热息痛，接着便将自己扔在了那冰冷的大床上。

第六章

医生递给我一张入院单，然后向我强调道：

“别忘了九点后禁食。”

我和他开着玩笑：

“是不能吃东西还是不能说话呀？”

他大笑起来，优雅地露出了那排列整齐的牙齿：

“你最好在手术前多放松下嗓子。”

我朝门口走去，随后停住脚步，又折回他跟前：

“医生，拜托你好好费心了，我不想死。”

医生两眼发愣，随后极为严肃地说道：

“寿命在于真主之手，你的生死取决于他。”

“也取决于你呀，医生。”

他微笑着，把玩着手中的笔，就像在把玩我的恳求：

“我们只是在真主安排之下，为人们缓解痛苦的普通人罢了。”

他起身催我离开，并安慰我道：

“手术过程非常简单，不会超过半小时。别害怕。”

别害怕？我怎么能不害怕呢？会有人不害怕的吗？明天麻醉剂会让我不省人事，我不知道会从中醒来，还是就此死去，我会跨越那软弱的时刻，在其面前假装勇敢吗？这个问题在我脑海中回荡，于是我又一次走到了他跟前：

“医生……恐惧是每个人都会有的天然感觉，你也不例外。难道你不害怕吗？”

他回答着，像是要减轻我的忧虑：

“有信仰的人就不会害怕，他把自己的事情交给主来决定，对他充满了信任。”

“但原本就是真主创造了恐惧和勇气，各种矛盾在人们身上都是存在的，按你的话就好像你否认了真主所创造的一切。”

他的脸板了起来：

“请求真主的宽恕，我并不是那个意思，我只是想跟你解释，信仰坚定的人可以克服各种恐惧，正因为如此我是不会害怕的。”

我感觉他好像是在怀疑我的信仰，因为我没有戴面纱，我盯着他，觉得他夸大了自己，无论他有多么虔诚、多么勇敢，但他也经历过恐惧、了解那种感觉，至少他和所有男人一样，害怕着他们的妻子，也担心着生意上的亏损。也许他知道我在困惑些什么，只不过担心我继续呆在这，开启一场令他厌烦的谈话，于是他催促我道：

“我希望你明天能够勇敢乐观。”

我走了出去。

天空中铺满了尚未成熟的云朵，太阳暖洋洋的，像一张大饼。大街上拥挤不堪，我的心中满是祈祷，菲鲁兹的声音从收音机里摇曳而出，像是盈眶的热泪一般，“悲伤的北方之夜……请记住我啊记住我。”吉瓦德的幻影突然间出现在眼前，他和我一样，也喜欢菲鲁兹的声音，便送了我很多她的磁带。过去那些沉浸在爱情中的夜晚，他总是轻哼着她歌里的片段，带着我在街巷中徘徊。为什么他的幻象会在此刻出现在眼前？难道他仍在怀念我吗？他还在懊悔吗，因为他迫使我逃离了他的心与他的生活！希望他能意识到，我并没有后悔，甚至莫名的轻松，因为我从他罗网的中逃了出来。

我匆匆赶到母亲的公寓，用手掌在门上敲击出一首她熟悉的歌曲的节奏。母亲每次听到这样的敲击都很开心，因为这意味着我来了。有一天，哥哥试着模仿我的做法，正用肥皂清洁厨房的母亲便急忙赶去开门，却不幸滑了一跤……但她还是强忍着爬了起来，跑着去开门，当她看见哥哥的脸时，顿时把一腔怒火都撒向了他："别像娜迪亚那样敲门。"

哥哥悔过了，但是听到这个故事的父亲却受到了诱惑，想要找茬滋事，但他没有掌握好敲击的节奏，于是母亲把他晾在了门外，直到他不得不按下门铃才给他开门，随后母亲抢白道："哈哈哈，看看，你以为我是蠢蛋吗！娜迪亚敲的是：叮……叮当，而你敲的是：叮……当……当。"那天父亲告诉了我这件事，我大笑不已，他说他失败了，还说希望母亲能像记住我的敲击声一样也记住他的。

母亲悲伤地替我打开了门，在她问话之前，我抢先送上了热烈的一吻，然后央求她道：

"我想马上吃点东西，因为九点后就得禁食了，明天要手术。"

母亲突然大哭起来，有一个问题在我心头盘旋：母亲们都有一口永不枯竭的眼泪井吗？她们开心会哭，难过会哭，甚至连生气、大喊、慌乱等等，每个环节总会以哭泣告终，好从她们在乎的人那获取同情、乞求怜爱。母亲们的眼泪都是那么真挚，像是天空被光芒照亮、敞开它的胸怀接收祈祷时，她们对着天空发出的祷告。我不会忘记当我甩掉吉瓦德的时候，母亲为我掉了多少眼泪，她好像是在代替我哭泣，好让我聊以慰藉，比起她来安慰我，更像是我在安慰着她，缓解她的眼泪攻势。

母亲一边继续哭着，一边给我添了更多的米饭和秋葵，我说不想要这么多，她却坚持道：

“你必须吃得饱饱的，手术前后都要禁食的。”

她将剩下的强忍住的泪水注入了她的声音里，她坐在我对面，看着我吃，于是我大口大口地吞下食物，还不停地称赞着它的美味，我语气欢快地谈起各种话题，想要减轻她的担忧，因为她的忧虑并不比我少。因为忧愁，她已经不会说笑话了。

母亲一反常态地抛下了饭桌和餐盘，要和我一起上楼收拾我的行囊，她念了三次“奉真主之命”后，我的行李终于获得了她的首肯：贴身衣物、睡衣、毛巾、拖鞋、牙刷和牙膏、梳子、面霜。她没有忽略掉任何东西，包括袖珍收音机和夹在书上的阅读灯，甚至还有口红和胭脂，她的举动逗得我大笑起来：

“我是去参加派对的吗？”

她却强调道：

“我看你好像气色不太好，脸黄黄的，你得化个妆，保持甜美和漂亮啊。”

她的唠叨简直停不下来，从她嘴里不断涌出温情的祈祷，我不知道她到底是在安慰自己还是在让我宽心，只听她说道：

“别害怕，一个简单的手术而已，明天你那夜莺般的声音就会回来了。”

她指向我那些默不作声的麻雀。

我的麻雀感受到我要离开，把它们留在孤独与沉寂中了吗？它们在诵读祷告，祈盼我平安归来吗？

我走近其中一个鸟笼，伸出手掌，麻雀便跳了上来。它轻柔地啄着我，一阵酥痒迅速蔓延到四肢，啊……就连麻雀也通晓感情，懂得如何表达爱，它们是如此无邪，竟比男人更真实可信。

母亲帮我收拾完行囊后，走到窗前，解开她的衬衫，她把那白花花的胸脯对着天空，满是仁慈地说：“我的神啊，你已经准备好了，我会为你备好婚纱，把你送到新家。”

她向我转过身来，声音里的同情愈发浓烈：“你的新郎会配得上你，他会在真主和他的子民面前为你骄傲，我不觉得婚姻是个秘密，真主明察一切。”

我靠近她，帮她合上了衬衫，亲吻了她的双手，我抚摸着她的脸颊，低声说道：

“妈妈，一切都结束了，我已经忘了吉瓦德，你也忘了他吧，快去休息吧。”

我知道我被卷入了绝望的寒意中，母亲大概永远也不会忘记吉瓦德那突然一击给我们造成的折磨与痛苦，她会始终怨恨着他，控诉着自己的愤怒，并希望吉瓦德的生活也一片混乱，就像从那天起被他扰乱的我的生活一样。

我并不怀疑吉瓦德是爱我的，但是他想要得到我的欲望比爱情更加强烈，当我开始反抗他时，也是这种欲望驱使他最后一次敲响了我的房门，令我大吃一惊：

“让我们结婚吧。”

我不相信，婚礼的场景在我心中绽放出花朵，我感觉自己像是突然从玫瑰花丛和云端掉进了湖里，我想要压抑这种喧嚣又疯狂的感觉，我在舌头上倾倒下冰雪般的沉默，同时快乐的火炭又在内心熊熊燃烧，他以为我没有听清他的话，便提高音量说道：

“你听到了吗？我说让我们结婚吧。”

我的思绪飞到了母亲的胸口。她能听见我听到的话吗？在陷入绝望之后，他终于敲响了婚姻的大门吗？

我刻意维持着我的强硬，表现得并不热切，我想让他明白事情并不像他想象得那般容易，于是我毫不犹豫地向他抛出了一个借口：

“也许我的家人不会同意，我指的是你毕竟已经结婚了而且……”

他打断了我：

“这有什么问题？真主允许两个、三个甚至四个妻子的存在。”

我继续着我的攻势：

“那你妻子呢？你要再娶她能答应吗？”

他迟疑了，双眼躲闪地回避着我：

“她不会知道的，我不想让任何人知道。”

我心跳加速，脸色慌乱，也许他注意到了我的愁容，便换了一种柔和的语气说道：

“你了解现在的状况，一些顽固派掀起了飓风，他们专门告发大学教授和学生有不正当关系……”

我打断了他，心中的喜悦也大打折扣：

“这不是什么不正当关系，除非你心虚，这是真主和他的使者见证下的婚姻。”

他厌恶地喘着气：

“行吧，但我想避免麻烦事，也不想我妻子生气。”

他担心妻子的感受，却不关注我在人前的处境，我真想看看他脑子里到底在想些什么，也想搞清楚和他最后的结局：

“那怎么办？”

他抛出了他的答案，就像是朝我射来一颗子弹：

“我们秘密结婚。”

这些话砸下来，像是一把剑劈开了我的头和心脏，我像是从玫瑰湖泊和云端被抛到了阴暗的坑洞里，也被抛到我内心深处黑色的仇恨上。这个卑鄙小人……他想偷偷摸摸来我这感受他的自由、满足他的欲望，就像我是他的奴隶。我不能再控制内心的仇恨与愤怒：

“你认为我和我的家人会同意吗？”

他努力表现出殷切之情：

“亲爱的，这只是我们暂定的一段时期，我们没必要公布呀。”

这种侮辱使得我吼了出来：

“你指的结婚是……”

他面露喜色，像是对我的理解速度很是满意：

“没错，事实婚姻。”

他把他龌龊念头的污泥倒在了自以为干涸的土地上，他的厚颜无耻刺伤了我，所有一切都在挑战我的极限，一阵怒风刮着我的手，朝眼前他那扭曲的脸上扇去，那分明是一张正诱惑着顽固猎物的饿狼嘴脸，我压抑着我那屈辱的灵魂，极度鄙视地看着他：

“你知道我们宗派是不会承认这种婚姻的，这是第一点，至于第二点，如果让我跟像你这样懦弱的男人捆绑在一起，我会感到羞耻。”

我作势要从这个懦夫身边走开，他却抓紧我的胳膊，使劲按着：

“娜迪亚，求求你，让我们互相理解吧。”

我把胳膊从他手里往外拉，感觉部分肌肉组织都快被撕裂了，于是我大喊起来：

“我也求求你，你居然认为我低贱到这种程度了吗？”

我不知道我的双腿是怎么飞进我的车里，也不知道它是怎么肿了起来，我猛踩一脚油门，就像在踩着他的脑袋，我总算逃掉了，像是从一条凶残的毒蛇跟前逃之夭夭。

天空灰蒙蒙的，风吹拂着深色的云朵，并将它们切成碎片，紧接着云的碎屑又重新凝结成密实的团块，像是巨型动物的身躯。我泪眼朦胧，于是眼前的路也像起雾了一般，我心不在焉，不知道该如何驾驭方向盘，但我还是感觉到，汽车像是劈开了激流，一路上给我带来了万千的思绪，最后终于将我送回了家。

阿提亚飞快地迎面走来，他如平常一样面带微笑，拿起我那沉甸甸的学校书包，我从车里出来，粗暴地关上了车门，于是他担忧地问道：

“小姐，你还好吗？”

但我却无视了这个问题，在刚才的打击之后，我的喉咙在抽搐，于是我吩咐他道：

“放下书包，把车从里到外清洁一遍。”

他早上才卖力地给车做过清洁，但我却有一种突如其来的异样之感，好像车里充斥着吉瓦德身上那令人作呕的气味，还有我那破碎的心之碎片，以及被他狠狠碾碎的自尊的残骸。

我不敢敲响母亲的房门，因为我快要融化在自己的痛苦之中，窒息在那失望的困境里，我逃到了自己的公寓，瘫倒在最近的椅子上，内心传来悲伤的呼喊声，怜悯着我那被虚假之爱伤害的心灵。

沉默发出轰鸣声，就像因肺病而咳嗽的胸口，于是宽阔的公寓在轰隆作响中逐渐狭窄，我觉得自己像是玻璃瓶中一只脆弱的蝴蝶，没有出口，亦无法呼吸。没有别的声音能够穿透这个瓶子，只有吉瓦德的说话声，像钉子头般穿过我的皮肤，并且永不下坠。我是那么的疲惫虚弱，不能靠一己之力打碎这个瓶子，我需要一个人来修复我身体的伤痕，收集我的碎片，把我那颗紧缩的心从黑暗移至光明。我后悔没去敲母亲的房门，也没投进她的怀抱，仍在痛苦中战栗。我久久地躺在沙发上，直到门铃接连不断地响起，母亲走了进来，像是阴天里升起的太阳。

当然，母亲的心不能预知我的情况，一定是我的模样吓坏了阿提亚，他把恐惧传染给了母亲。我发现自己突然间从黑暗的玻璃瓶中解脱出来，我在母亲温暖的怀抱中蜷曲着，打开了眼泪的阀门和秘密的大锁。啊，没有什么会像母亲一样，如果只有一丝火焰来融化蜡烛，那么我就是无法用它来融化的顽石。就像是一个供小鸟栖息的临时帐篷被大风撕碎，我探寻了身体各处，以确认风已经在我身体中根除，却没有折断我的手臂。母亲就像《迷雾中的太阳》[①]一样温暖着我，打破了我身上的坚冰。沉默在我舌尖游走，而我的静默也传染了她，我希望她能爆发出来，用她的舌头发动一场针对吉瓦德的红色战争，忘记我是她双手之间一只待宰的雏鸡。

哎，我的信心到底被母亲榨干了多少？母亲的做法令我大吃一惊，她仿佛脱离了对吉瓦德的记忆，忘记了我的指责，也包容了我的紧张，她将她那湿润翅膀上的柔情铺展开来，洗涤着我的悲伤。母亲从那充满恐惧和泪水的祈求声中读懂了我的需要。当温暖和安全感在我的灵魂深处蔓延开来时，我终于对她低声说道：

“妈妈，别担心，我会度过一切艰难困苦的。”

---

① 《迷雾中的太阳》：叙利亚小说家哈呐米呐小说名。

我轻易被一片蜂蜜之湖吸引，跳入其中，在清澈的水流中游动。我超负荷地汲取着湖水，品尝着它的滋味，直到水量逐渐减少，湖底显现出来。这时我也恢复了体力，于是收回迷离的目光。我担心越陷越深，便挣扎着把自己从粘粘的湖水中拔出来。我庆幸自己让头上的伤口和被碾碎的身体摆脱了湖水的包围，却突然发现自己被裹上了蜂蜜，成千上万形态各异的昆虫被吸引而来，争先恐后地蛰咬着我的身体，吸取身上剩余的蜂蜜。我在这群贪吃昆虫的怜悯之下存活下来，坚持着、努力着，好摆脱痛苦。我医治皮肤，修复灵魂，它们曾随伤口一起被撕碎。就这样我承受着一切，终于从蜂蜜湖中逃了出来，抓挠伤口时我得忍受着痛苦，我倒了些芦荟的汁液在上面，好加快痊愈。我挣扎着远离那带齿的铁丝网，四肢健全地从那出来了。我流着眼泪，脸颊上满是泪痕，就像是大海把它的盐分和残余留在了蜗牛和石子的身上。我不再去大学上课，一直呆在公寓里，就像一只失去幼崽的母猫，又像是脱离翅膀的羽毛，无法在地面停留下来。我仿佛变成了一张油纸，无法在上面写字，也无法渲染涂墨。从那天起我沉迷在香烟之中，当我点燃它时，我仿佛也被它点燃了，我的胸中充满了烟雾，我的公寓也被那陈腐的味道填满。只有当我的鸟儿不再鸣叫，我紧紧抓住鸟笼底座时，才会意识到该收拾房间了。这个时候我会打开窗户，让新鲜的空气扑面而来，鸟儿叽叽喳喳叫着，胃口大开地啄食着它们的粮食。当我解放它们的时候，感觉自己也从禁锢中解脱了出来，于是我打开收音机，不管里面的歌有多无聊，我都会跟着一起哼唱起来。可是悲伤的歌曲还是直击痛处，我又开始抽起烟来，公寓里再一次烟雾缭绕，凝固的沉默将我笼罩，我浸泡其中，只能闻到一阵酸臭，以及悲伤的气味。

母亲没有让我一个人承受痛苦，她就像是鲜花盛放的花园，敞开它的各个角落，迎接沉默而枯萎的蝴蝶。她用柔情滋润着我，用甜美的、安慰的措辞给我的翅膀染上色彩，她在我心中播撒下力量的种子，让我能够跨出那深陷其中的哀伤，她鼓励我承受住压力，早日回到学校，好昂首挺胸地站在吉瓦德面前，向他下战书，可我拒绝了：

“我不想看到他的脸。”

母亲受不了我的固执，提醒我道：

“你最好想想你的未来，大学曾经是你的梦想啊。”

当她让我一个人待着的时候，我开始收集脑中散开的碎片，和我的内心对话，好弄清驱使我逃跑的真相。我难道真的不想看到吉瓦德的脸吗？是讨厌他把我当成他短暂的感情爆发、只想玩弄之后便扔掉的洋娃娃？还是担心如果看到他，我的感情就会复苏，我的抵抗力就会下降，我会对他提出的一切言听计从？我不得不承认，在刚开始那些残酷的夜晚，我总是翻来覆去回想着他的提议：

既然有婚约，那么让我自己身心都获取快乐又有何不可呢？这件事并非一项禁忌，什叶派已经开始在公开场合践行了，某些逊尼派也在隐秘地实施着。难道不比公开结婚，公开把我跟一个折磨我、羞辱我的男人绑定在一起更好吗？正如跟那老头儿结婚发生的一切。我差点就说服了自己接受这个提议。随后我清醒过来，打消了这个念头，并不是因为我担心一旦决定接受后，还得解决父母爆发的灾难。其实我应该可以说服父母，毕竟我不是一个需要他们见证快乐的“乖乖女”，我只是一个寡妇，一个男人通过合法程序娶了她，夺去了她的贞洁，此后她只能跟像她一样的鳏夫、或者像吉瓦德一样的已婚男人结婚了。最大的障碍在于，这样的婚姻不会让我感受到我的价值，一个女人有权利拥有一段可以让她在众人面前炫耀、并和另一半一起俯瞰整个世界的婚姻。同样他也不会让我实现每个女人都梦寐以求的做母亲的愿望。既然是“秘密”和“临时”的婚姻，就意味着这个男人不会接受一个小孩指向他，揭穿他的丑事。想到这里，我不由自主打了个寒战，全身充满了对吉瓦德的厌恶，于是又继续逃避他、逃避大学了。

我的事没有逃过父亲的法眼。但他们没有愤怒地对待我，我意识到是母亲让父亲控制住情绪和脾气，男人们骂一骂无耻就足够了，但从他那充满无声的责备眼神中，我看出他正嘲笑着我的单纯和冲动。我唯一担心的，是我面对哥哥的那一刻，他会幸灾乐祸吗？会指出我的轻率和顽固吗？

我向伊曼转述了我的担忧，她却说道：

“你哥哥可以安心了，因为你最终还是发现了他想提醒你的东西。”

这话宽慰了我的心，让我与哥哥的见面也变得舒适起来。当他走进我的公寓时，我急忙去到窗边打开了窗户好驱散烟味。他皱着眉头坐下来，驱赶着剩余的烟味，沉默片刻，随后开口说道：

“爱情就像一阵风，我们不知道它的意图，也不知道它会给我们带来什么，但我们必须面对它，这时候只有弯下腰才不会被折断。”

我抽出一根香烟，想点个火，可烟头还没碰到火，哥哥就抢先一步把它从我手里扔了出去，厌恶地说道：

“这些香烟会害死你的，你现在这幅样子还不够吗？像我一样勇敢点，把它戒了。”

我哭了，于是他调动起全部的兄长柔情对待我的眼泪，他抱着我的头，语气变得更加强烈起来：

“真主啊，要不是你害怕丑闻，我得让你知道我会如何教训这个无赖。”

“求你了哥哥，不要把你自己卷入这个耻辱之中，现在所有一切都结束了。”

也许他还有一些疑虑：

“没准他会再来诱惑你。”

“你相信我，我不会再允许这样的事发生，这是我的尊严。”

哥哥叹了口气，在我看来，这是他“松了一口气”，他盯着我，然后低声说道：

“我知道你很坚强，你会渡过这次难关的，前面还有光明的未来。”

哥哥离开后，我被安全感的臂膀笼罩起来，就像一粒种子，被一整条河浇灌到内心的河畔和灵魂的深处。我的执拗愈燃愈烈，我决定坚持自己的决定，忘了吉瓦德，把他仅仅当作是一个灵魂，我穿了过去，虽然断了几根肋骨，但至少没有误入歧途。

这是我在大学的最后一个学年，我希望它能够飞驰而过，好让我避开那些会和吉瓦德相遇的地点，我躲避着他，忽略着他，我埋头学习，以优异的成绩毕业，好向他证明我的勇敢。爱情不会让我误入歧途，男人的无耻也不会把我摧毁。渐渐地，我开始痊愈起来，爱情并不承载着担忧，当它让灵魂沉重时，人便开始缩小，直到心脏也收缩起来，仿佛一个被榨干的柠檬，又像被抽走纤维的干瘪的乳房。它让人萎靡不振，任何治疗也无济于事。

于是爱情死去了，我变得更爱自己的内心，我想要保护它，让它存活下去。我努力从想象中的那片椰枣林抽身而去，曾经我摇晃它的枝叶，美味的椰枣便会簌簌落下。感谢真主，我发现椰枣林还没有伤人的尖刺，于是在血流尽之前，我逃了出来。

在我以优异的成绩毕业那天，正如我想的那样，是我人生中最幸福的一天，我感觉自己打败了他，也为我的尊严报了仇，尽管痛苦已在我心中留下疤痕，还差点让我剩下的梦想被破坏殆尽。

几个月过去了，我关注着我投出去的简历，好找到一份工作。在我收到阿拉伯语教师聘任书的那一天，我飞一般回到了家里，想告诉母亲这个喜讯，阿提亚向我跑来，当他瞥见浮现在我脸庞的喜色时，马上猜到了原因，于是用狂喜的声音抢先说道：

“恭喜！”

我谢过他的盛情和喜悦。如果他不阻拦的话，我还想继续我的“飞行”，他又朝我靠近了一些，像是一个怀揣秘密的人：

“赞美真主，你找到了工作，那你准备什么时候履行对我的承诺？”

“什么承诺？”

他的面孔紧缩，眼里涌现出责备之情：

“你忘了吗？你答应和我结婚……。”

他向我抛来讶异的一瞥，在开口之前迟疑了片刻：

“就像我们在宫殿里的时候，我对你说想要变得跟你一样。”

我轻轻拍了拍额头，大笑起来，吓了他一跳：

“我改变主意了。”

他面露悲伤，于是我赶紧安慰起他来：

“在我嫁给你之前，我希望你能开始学习。”

“学什么？开车吗？”

“不，你得开始学习读书和写字。”

他大声笑了起来，说自己对那些一窍不通，他用手捂住了嘴，过了一会儿接着说道：

“头发变白那天，书还没读完。”

“阿提亚，你现在还没有白发苍苍呢，明天你就去扫盲中心登记个名字。”

他不满道：

“读书写字到底对我有什么用？”

“明天当你开始学习的时候，你就知道它们的意义了。等你读完初级阶段，我就嫁给你，条件是婚后你得继续学习。”

他的脸色愉快起来，我留他在那儿继续激荡他的梦想，而我脑中却一片混乱，仿佛号角在轰鸣，我恢复了阿提亚的勇气，当我靠近他，打破我和他之间的主权壁垒时，他是否已经开始摆脱奴性的束缚？当他开始学习、用知识开放了头脑之后，又会发生些什么？会不会……

一个荒唐的念头蹦了出来，我的心猛然抽动。

我来到母亲的公寓，向她报告这个喜讯，她热泪盈眶，不停地亲吻着我，她的喜悦与祈祷也感染了我，我们一起去了厨房，我坐在她旁边，她在为我们准备两杯咖啡。水在一旁沸腾着，她打开了橱柜，从里面取出了我的杯子，杯子上还有一只母猫的图案，她给我买这个杯子那天，幸福地对我说道：

“这只可爱的母猫，它的双唇跟你小时候一模一样，你曾说我一定要买下它。”

从那天起我就格外珍爱这个杯子，我想在我的公寓里独占它，但母亲把它捂在双手之间，拒绝了我的要求：“我怕你把它摔碎了。”母亲也很珍惜这个杯子，就像珍惜她那破破烂烂、把手都裂开的咖啡壶一样，她曾用那个咖啡壶为父亲煮了第一杯咖啡。

煮好的咖啡豆香气四溢，菲鲁兹的声音朝我飘来：“在咖啡里，有个与众不同的世界，在炉中，在火里，我和我的爱人待在一起，我们用诗歌把它铺展开来”，我哼着歌儿，母亲在一旁坐了下来，啜下第一口咖啡，她品尝着味道，微笑起来：

“哈，这首歌让你想到了什么？真主保佑你想的是另外什么事。”

母亲以为我想起了吉瓦德，她的想象并没有破坏我的心情，但是她的话却让我想起了那些曾和他一起去过的咖啡馆，我们在里面喝过果汁和咖啡。回忆并没有令我战栗，也没有令我心跳加速，相反却盼望着假如能回到过去，所有的爱都消失了，于是我安慰母亲道：

“所有一切现在都仅仅是苍白的回忆了。”

尽管母亲还是各种暗示和嘲讽，但她坚信我已经忘记了一切，她陪我熬过一天又一天，一月又一月，直到我痊愈起来，身体和心灵上的伤痕也渐渐愈合。从此她的脸上便洋溢着安闲，有一次，她把话题拉扯到很远，令我想起了从前：

“你什么时候开始领工资？”

“下周，薪水是四百第纳尔，没有奖金，而且……”

她打断了我的话：

“你拥有真主的财富……看看吧这点钱到底有什么意义？”

她的话刺痛了我，于是我笃定地跟她说道：

“母亲，相信我，这笔钱比我拥有的一切财富都更加贵重、更加有价值。它来自我额头的汗水，我要去银行为它开个专门的账户。”

母亲轻蔑地笑出声来，她道了歉。母亲还是不明白钱的意义，虽然薪酬微薄，但它来源于我的辛劳。她无法想象，老头儿的巨额财产对我来说什么都不是，而拥有它的幸福感，远不及花掉它、挥霍它来得痛快，花掉那些钱就像摆脱了腐朽水池里的细菌一样令人舒服。

我提到了阿提亚的事情，她大吃一惊，神色与声音都显露出不悦：

“头发变白那天，书还没读完。”

我笑起来：

“跟阿提亚说得一模一样。”

她的脸色由阴转晴：

“他也知道自己不会成功的。”

我热情地为他辩护起来：

“阿提亚很聪明，真主保佑，他一定会成功的。”

她撇了撇嘴：

“那他到底缺什么？活得好好的，学习也不能给他带来什么好处。”

我抛出了一个炸弹：

“但他开始学习，我就会嫁给他。”

母亲捶打着胸口：

“你居然要嫁给他？他可是阿提亚，明天也不会变成帕夏，也没有一座宫殿。”

母亲点燃了我脑中的想法，于是我毫不迟疑地把我的决定告诉了她：

“我会给他买一栋房子。”

母亲揪着她的头发，站了起来，把她的杯子摔进了盆里，然后怒道：

“看样子你是疯了。”

我还在为我的想法、为阿提亚辩护：

"阿提亚对我们忠心耿耿，我们得厚待他。"

母亲反应激烈：

"难不成要给他个葡萄园？他吃我们的、喝我们的、住我们的，也算是高薪人士了吧。"

还没等我开口，就传来了父亲的声音，他进了厨房，对母亲说道：

"你们在说什么，你声音太大了。"

父亲的出现拯救了母亲，母亲喜出望外，感觉自己即将取得胜利：

"快来看看你的疯女儿，你猜她说什么？她撺掇阿提亚去上学，还要嫁给他，甚至还要给他买一个房子！。"

父亲转过身来，他的脸上散发着光芒，眼里仿佛下着雨，像是要洗净我脸上的尘埃：

"真主保佑你，阿提亚值得这一切。"

母亲开始呜咽起来，在她的火山爆发之前，我赶紧溜回了我的公寓，留下父亲给她灭火。

我躺在床上，把那疲惫的脑袋靠在枕头上，我感觉身体在沉默中被无限拉伸，而沉默铺展开来，就像一层薄膜，带着春日天空的色彩，扑闪的小星星坠落在我身上，缤纷的光芒四射，延伸到我那尘封的记忆。触摸着它、点亮它，它的线条颤动，向我喷射出一些宫殿里的气息。我被它吸引了过去，虽然我对那个味道充满了厌恶，我感到恶心、麻痹甚至晕晕乎乎。我陷入那用仙人掌在墙上铺成的螺旋形线条之中，冷风在其中推着我，把我扔到了那满是僵硬雕像和死板陈设的宫殿里。我内心压抑，想找一个出口，我冲到紧闭的窗边，赶紧打开了它，但它却死命抵抗，像被水泥牢牢密封了起来。我想朝大门奔去，而那疯狂的呼声却将我冻结在原地，这是狼嗥还是风穿过缝隙的嘶吼？亦或是从忧郁夜晚逃出来的仙女的呻吟？我转身朝向那呼声的方向。

我看到了那个老头儿，他像一具灰色的木乃伊，盘腿坐在沙发上，露出他那腐坏的牙齿。我迷茫地问道：

“是你？”

从他的瞳孔中冒出了红色的火星。他大喊道：

“你什么时候出来的？你现在在哪？”

他还不等我回答，不等我的舌头把我从他那恐惧的眼神和声音中拯救出去，便离开了他的位置，他朝我走来，用邪恶恐吓着我，他用力抓住我的胳膊，他的指甲陷入了我的皮肉里，他抬起手扇了我一巴掌，大手像一个炽热的锅盖，我想摆脱这赤焰，可尽管我使尽全力，还是比不上他的力气，他把我摔在地上，压在我胸前，大声呼唤道：

“乔治特……乔治特。”

她从某扇门后面走了进来，像是早已为这一刻准备妥当，她双手间拿着一卷白布，把白布递给了老头。他把布平铺在地上，用我不知道的蛮力把我扛了起来，扔在了铺开的布上，然后吩咐乔治特：

“把血瓶给我拿过来。”

她拿着瓶子过来了，打开瓶盖，发出像是水桶击中井底的声音。

她开始用那粘稠的、带着锡纸味的血浆喷洒在我身上，我躲闪着，不想让她把血洒在我脸上，当我全身被血洒满之后，老头儿吩咐她停下动作。

他把我裹在布里，而我努力挣扎着想要逃脱，我失败了。他只留我的脸露在外面，然后用最大的声音呼唤道：

“阿提亚，快来。”

阿提亚冲进了房间，他迈着缓慢的步伐朝我这走来，他那赤裸的身体被我尽收眼底，他的皮肤闪烁着黑色的光泽，脖子粗厚，支在宽厚的双肩上，胸上没有毛发，两块膨胀的凸起的肌肉顶着两颗不小的乳头，就像两颗黑色的葡萄，他的腰很窄，臀部饱满，我的眼睛惊恐地停留在了他那垂下的小兄弟上，忍不住倒吸一口凉气：那晚就是这个东西粗暴地刺穿了我吗？我担心老头儿会逼他强暴我，那晚的形势不允许我仔细观察这具身体，现在我才看清了真相，他靠近我，啮咬着我的身体，情况会变得越来越糟糕。我听到了他的心跳声，还有我牙齿打颤的声音。

但是这一切都没有使老头儿的声音离我远一些，他脱下了蔽体衣物，吩咐阿提亚开始行动。当阿提亚向我扑了过来时，所有的声音都汇在一起，化成一声惨烈的尖叫。尖叫声摇晃着我，肆虐着我，我就像是从乱石堆砌的坟墓中爬了出来。我睁开了双眼，可怕的寂静鞭笞着我，那些明亮的星星都消失在房间里，除了我的尖叫像发狂的怒吼般回荡在公寓，再没有任何声音。

我感觉我那颤抖的身体仿佛掉进了冰冷的池塘，真主保佑，我在被阿提亚用鞭子抽打、在旧伤口开裂之前，就从噩梦中清醒了过来，我感到口渴和极度的干燥，在我那滚烫的体内，仿佛血管都僵硬了，于是我倒了一杯水，一饮而尽。我将枕头搂入怀中，开始思考起来：为什么会做这个可怕的梦？为什么会梦到那一个夜晚？是因为打算对阿提亚做的事情，让我有些忌惮那老头儿吗？他是否认为我多管闲事而让我后患无穷？是否即使在他去世后，他还是想要成为唯一的恩典之主，保有他永世的奴隶？我感觉到一股强烈的谴责：除了给阿提亚一份工作，让他看守这栋楼以外，我还给他提供了什么？而那个老头儿，却给了他恢复自由之身的文件、一笔钱以及科威特国籍证书。（科威特人给他们的奴隶颁发国籍，有时还会赐予他们家族姓氏。）自从老头儿死后，我为什么不主动赠予阿提亚那份获取自由的文件，而是告诉他要跟他结婚、送他一套房子，供他和他以后的家庭栖身？为什么这么多年我都忘记了他？而现在当我想那么做的时候，那个老头儿却控制住我做他的同盟，破坏我的心愿。亦或那是老头儿的灵魂附在了满心反对的母亲身上？母亲没有忘记，也永不会忘记阿提亚对我做过些什么，即使被他残忍强暴、用皮鞭抽打，我却宽恕了这些暴行，也原谅了他。

我为什么原谅了阿提亚？为什么他明明是那个强暴我、鞭打我、不帮我逃跑的人，而我却并不痛恨他，也无厌恶之情？为什么我不赶走他，让他自己去这迷离又多变的世界闯一闯？为什么我拼命想要摆脱过去那腐朽的一切，却偏偏要留着他？甚至那宫殿，母亲的梦想，我都把它们牺牲掉了，却唯独保留下阿提亚。这仅仅是一种对他的同情吗？我曾经觉得他就像是一条忠诚的狗，在一个除了它自己，谁也不认识的家里被养大，它从主人的盘碟里找些剩菜，然后便趴在主人的双脚下守卫着主人，所以在他习惯了宫殿的生活、有主人的生活后，还能去哪里呢？正是这个原因激起了我对他的同情，当然还有一个更大的动机说服着我，那便是我曾爱过他，我尊重他对主人的忠诚，即使他遭受了迫害与虐待，但我发现他对我也忠心耿耿。他从不欺骗我的感情，我感觉他的心像一座公园，可以让我在其中盘腿而坐，他待我，就像呵护一朵连微风和细雨都害怕的娇花，同时尽心竭力地服务着我和我的家人。在我开车之前，他会站在车旁，真诚地祈祷真主保佑我远离路途的险恶，在我驶远之前他不会离开，而是站在原地挥舞着那长长的手臂向我告别。当我回家时，他会蹦蹦跳跳朝我奔来，就像闻到了我的味道，我从远处就能看到他的脸上荡漾着热切与快乐，甚至连他的牙齿都洋溢着喜悦。

在很多个夜里，我被失眠困扰，便会从房间的窗户俯瞰下去，我会看到他在庭院里踱来踱去，像是在仔细搜索着这个地方，认真地守卫着它。

他开始上课后，勤于背诵。我觉得他对母亲而言，是一项未经批准的挑战，母亲总是嘲笑阿提亚。但我发现他就像个小孩，总是想要取悦母亲，想从她那得到赞美、邀请和礼物。他努力表现，好讨我欢心。每当他被某个词句难住，便敲响我的房门，腼腆地请求我帮助。他第一次来到我公寓时，坐在地上，靠在我坐的沙发的扶手边，在他看来，自己是个奴隶，不能跟主人平起平坐，这伤害了我的心，于是我从沙发上站起来，陪他一起坐在餐桌旁，我让他坐在我的右手边，他却犹豫不决，我佯装生气，于是他尴尬地听从了我的要求，但从那以后，他便习惯了，甚至连我手把手教他如何书写“ط”这个字母，或是如何区分“ص”和“س”，他也欣然接受。有一天，他拿出一张大纸，在上面用大大的字母写出了我的名字，还涂上了各种色彩，令我大吃一惊，我把纸拿走挂在墙上，然后奖励了他一整盒心爱的雀巢奇巧巧克力。我感觉到他有时会吃我的醋。有一天我们在修改功课，那天我穿着的无袖衬衫吸引了他的注意，那时他眼前只有一张桌布，于是他把桌布扯下来，像个披肩般搭在我肩膀上，眼中流露出醋意。又有一个清晨，我以为是母亲在敲门，便穿着薄薄的睡衣就去打开了房门，他一看到我，便迅速转过身去，就像他从没见过我赤裸的身体。

我爱着阿提亚，那是种暖暖的、温情的爱，我纵容他，优待他，也畏惧他。每当他跟我诉说头疼、风寒或是胃痛，我都会担忧不已，我会亲自给他准备柠檬，按时给他送药，我强迫他必须躺在床上，任何理由都不能起床，甚至为了我也不行。他会乖乖听话一两天，接着便起来了，佯称他已经恢复了体力。虽然我仍然担心着他，但内心还是漾起喜悦与感恩。我意识到了他有多爱我。当我快乐和悲伤时，我看到了爱的征兆。有时我因为一点小事跟他生气，他总会徘徊在我周围，然后随便找个理由来敲我房门，或是给我收集一捧公园里的鲜花，直到看到我的笑容，他就像一只在雨中洗澡的小鸟，欢快地扑棱着翅膀。除了他身上散发出的混合着隔夜洋葱和廉价食醋的气味，阿提亚没有什么令我烦恼。我们在宫殿的时候，我并没有注意到这个味道，但自从他第一天来这栋大楼上班，这气味就向我扑面而来，我忍受了两个月，那些日子里我始终找不到一个合适的方式，在不伤害他的前提下给出善意的提醒。最后我终于想到了解决办法。

有一天，我提着一个鼓鼓囊囊的袋子，里面装着香皂、古龙水以及各种除汗剂，他看见我提着袋子，便快步上前从我手中接了过去，但我坚持不松手，对他说道：

"跟我上来，有事找你。"

正值夏日，四处都是铺天盖地的潮湿，电梯门合上那一刻，他的味道便朝我涌来，我不知道这股味道究竟从何而来。

我迫切需要清新的空气，恨不得电梯可以载着我们飞起来。所以当电梯门刚一打开，我就冲了出去，猛吸一口新鲜空气。我打开了公寓的大门，他跟在我后面，他的体味也亦步亦趋。

我把袋子放在了桌上，打开了它，把各样东西摆在他面前，然后说道：

"阿提亚，你看，这是香皂，这是香水，这是……"

我抬高胳膊，把瓶上的小孔对准我的腋窝，按下喷头，瓶里便喷洒出一阵细雾，以及沁人的芳香。我感到一丝羞涩，就像流出了身体的每一滴汗水，但我装作很勇敢的样子，必须得这样才行。我不敢直视他，对他说道：

"这个能消除汗味，每次洗澡后都用它一下吧。"

我不会忘记我那天犯下的无心之过。阿提亚备受屈辱地躬下了身。

他的身体在我面前颤抖着，就像是冬季的冷风或是一阵沙尘暴朝他席卷而来，他那悦耳的声音仿佛变成了幼小的孤狼的呻吟：

“小姐，我们奴隶，皮肤上都会有强烈的狐臭，发出臭味……”

我生气地打断了他的话：

“这是什么蠢话，每个人如果不注意清洁，都会散发体味，听我的话，你每天都要认认真真洗一两次澡，然后再喷上这个。”

他拿上东西，急匆匆地离开了，我甚至觉得他差点朝大门撞去，想要杀死他自己。我内心有什么东西，正像匕首一样剥开我的心脏，我为此痛苦不堪，但即便剥开我的心，也必须剥除他身上的味道。从那天起，阿提亚便开始努力清洁，好讨我欢心，他变得干净起来，闪闪发亮，身上带着一股清香，我再也没闻到那令人厌恶的臭味。

第 七 章

晚上，费萨尔和伊曼来了，我的公寓里充斥着孩子们的叽叽喳喳，一个小女孩紧紧吊住我的脖子，天真地问道：

“医生会劈开你的脖子吗？我害怕你会死掉。”

母亲赶紧把她从我怀里轰了出去，高声说道：

“不要跟你的姑姑瞎说八道，真主保佑，她过两天就能回家了。”

母亲坚持要在我这和我一起睡。虽然我感受到了她的恐惧，但我还是巧妙地拒绝了她。她如果睡在我旁边，就像在做着最后一次的辞别，这可怕的感觉会让我无法安睡，她不满地接受了我圆滑的拒绝，吻遍了我的脸颊，做了祈祷，然后便离开了。

我一个人静静地呆着，我熄灭了所有的灯光，除了那绿色的台灯，令人悲伤的沉默散发着它独特的光芒，各种镶着银边的颜色装点着沉默，在房间里漂游着，而我就像是一艘孤立无援的小船，进行我的第一次航行。我被波浪打得东摇西摆，我被浪花卷得突然升高，我闭上了双眼，感觉自己仿佛坠落到底部，在那柔软的细沙上安稳了下来。浪潮平静了，沉默给我营造出一个环境，让我可以追忆往昔，当我回顾和老头儿一起的生活时，发现他竟从未展露过笑颜。而我则始终沉默不语，这是我唯一一件武器，可以用它来表达我对宫殿生活的厌恶与蔑视，直到他死后，我的曙光乍现，身边的生活开始闪闪发光，我才开始迸发出压抑已久的笑声，然而之后我又遇到了吉瓦德。我的视野变得开阔，然后又转为狭窄，直到最后我才从这段经历中痊愈过来。

明天，等待我的是什么？

沉默开始变得压抑起来，它愈发狭窄，然后突然间裂成两半，然后发散出类似爆炸的流星尾巴一样的东西，从底部的沙堆里冲到我在客厅的位置上，我睁开双眼，看见我的小鸟们缩在笼子里默不作声，像是决定在我之前开启一段沉默旅程。我走近它们，它们开始叽叽喳喳叫起来，随后我也唱了起来。想起我那曾经美丽动人的声音，曾经有一天，我唱着歌，老头儿对我赞不绝口，令我措手不及，但当他瞥见我脸上的骄傲，便又后悔了，他收起脸上欣赏的表情，对我说道："但是比起乌姆·库勒苏姆的声音就不怎么样了。"

我没有离开我的小鸟们，直到他们扑扇着翅膀开始欢唱起来。

我回到我的床上，伸展开来，关上了灯，厚重的沉默在黑暗中骚动着，直到越来越沉，最后纷纷下落。

家里人送我到医院，有母亲、父亲、费萨尔和伊曼。

阿提亚站在一旁，恳求陪我们一起，却被母亲拒绝了。我走近他，抓住他的手，轻轻拍着，说道："别怕，我会没事的。"他凑近我，亲吻我的头，眼中饱含着泪水。当他屈身亲吻我的手掌时，我闻到他身上散发出微风的气味以及预示冬季来临的味道。

我进了医院的病房，眼前是白色的墙壁、白色的床铺，竟跟那个有关老头儿的噩梦不谋而合，这令我悚然心惊，于是我把这床铺当作棺材，把被套当成寿衣，母亲仿佛读出了我内心的想法，她赶忙打开行李包，拿出了我的花色床单，我还没来得及表达我的惊讶，她便一边换床单一边说道：

“我跟你一样，也不喜欢白色的床单，忘记跟你说了，我把床单塞进了行李包里。”

她帮我爬上床躺好，一个护士走进来，给了我一套白色的病号服和一个白色的纸发帽，母亲大笑着说道：

“如果这是给我的，我非得换了它。”

我叹道：

“哎，我真不知道他们为什么不换个颜色。”

我的家人都从病房里出去了，留下母亲帮我脱衣服。

我感觉她情绪稳定，直到我穿上白色病号服那一刻，她的坚强瞬间瓦解，开始嚎啕大哭，她把我按在胸前，我闻到了类似各种新鲜水果的混合香味。另一个护士走进来，拿着血压仪和温度计，当我把它放在舌下时，我觉得这就是沉默的开始，她干净利落地完成了任务，走了出去，接着进来了另一个护士，推着心电图仪推车。她在我胸口、手臂和脚上都涂上了黏黏的凝胶，然后接上了线圈，启动了仪器，我保持着安静，观察着母亲的脸，她一脸担忧，正等待着结果。护士一边安慰着她，一边帮我解开了身上连接的管线，然后开始准备她的针药。过了几分钟，她开始寻找一条合适的静脉，随后紧紧固定住它，以便注射麻药和生理盐水，接着她拿起另一个根注射器，轻轻扎进了我的肌肉里，然后拔了出来。

我感觉嗓子发干，麻醉剂在我身体里起了作用。在睡着之前我已经有些神志不清，我的眼皮耷拉下来，一阵睡意袭来，我差点就睡着了，这时进来了一群护士，动作轻柔地将我移到了另一个床上，床很窄，但对于一具瘦削的身体来说已经足够了。

现在他们会把我带到一个未知的地方，我不知道能否从那个地方安然返回，亦或就在那里香消玉殒。

母亲哭泣着，床在往前移动，而她始终抓着床沿，她加快了脚步，让她的脸始终对着我，直到来到不允许她进入的地方，她俯下身亲吻着我，她的泪水和祈祷将我包围，这时候我内心的恐惧也嘶吼起来。

护士们扶着我走在狭窄的过道上，麻醉医师走了过来，他拉着我的手臂，把针扎了进去，我用虚弱的声音叫住了他：

“医生在哪里？”

他微笑道：

“在手术室，等你扎完针就进去。”

我强烈反抗道：

“在我见到他之前，我是不会进去的。”

他劝着我，而我始终固执己见，于是他离开了，回来的时候带来了医生，医生戴着口罩和透明的手套，口罩遮住了他半张脸，这让他那漂亮的眼睛显得更大了，只听他温和地对我说道：

“害怕吗？”

我点头示意，他继续说道：

“别害怕，就几分钟，然后你就能回到病房了，和家人在一起。”

然而恐怖的悸动依旧源源不断，我恳求道：

“求求你了医生，我不想死。”

“想想真主吧，乐观一点。”

他让人在我手臂上扎了一针，我赶忙念了一段宝座经文，并做了证词。

当我艰难地睁开双眼，我看见了医生愉快的脸庞，他的声音跟平常不同，显得高亢，仿佛想向我证明，他非常重视我并且保住了我的性命：

“真主保佑，你一切平安。”

我目光逡巡地搜索着房间，想要相信我真的重回人间，我看到了家人们的脸，他们终于不再为我担忧，母亲和伊曼的眼睛却肿了起来。他们的声音交杂在一起，有的在感谢医生，有的在恭喜我一切平安，我对医生指了指我的脖子，清了清嗓子，他赶紧吩咐道：

“清嗓子也不行，等不痛了再说。”

随后他转向我的家人，再次警告道：

“她不可以说话，小声说也不行，最好让她好好休息。”

一阵困意袭来……当我清醒过来时，房间里空无一人、分外静谧。

沉默的阴影在整个房间里蔓延，带着我去嗅各个地方的味道。音乐响了起来，风，像令人战栗的叹息。我跳起了舞，试图捕捉那味道和低语，但我只能抓到一片虚无。场地是长方形的，采用柔软的深管，突然间我发现自己滑倒了，落在一个封闭的透明圆形的中心，我在那纯净的、带着奶味的水里游着，好像开始了一段彩色而翔实的梦中旅行。我感觉自己的身体变小了，变成了玫瑰色，变得柔软却一丝不挂，一根橡皮绳套住了我的脖子，我听到母亲心脏的跳动和她的叹息声。那个圆形是那样温暖，我在里面翻来覆去，与那发光的沉默和谐相处，就像被遮住的葡萄藤，上面的葡萄正好掉进我的嘴里。我感到格外安适，光线涌入我的深处，戏弄着我，温柔的低语传进我的耳朵：“你将进入美丽的女性世界，风不会将你刮倒，海也不会把你吞噬。”

开门的声音让我醒转过来，走廊上宁静的光芒趁着开门偷偷潜入，一个护士走进来，为她的打扰致歉，然后拿出温度计放在我舌头下，而我的舌尖依旧沾染着那个“圆形”里的乳香。她把血压仪的布裹在我胳膊上，在离开前还检查了生理盐水的液体袋，然后祝我晚安，随后便出去了。

我掉进了夜晚的沉默陷阱，我凝视这小小的房间，每一样东西都是白色的，空间显得更大了，但是这如影随形的沉默，就像脓疮，把这个看起来开阔的空间变成了监狱，而我就像被几个狱卒看守着的女囚：沉默、疼痛、无声，我想起了医生的警告：“不要说话。”我感觉压抑，还有穿透身心的好奇，夹杂着恐惧。这一切再三怂恿我背叛那个医生。我想偷偷出声，以便确定医生真的在手术中取得了成功，而没有在移除那个扁平疣的同时，阴差阳错移除了我的声带。于是我抛开了医生的警告，调整了坐姿，为这项艰巨的任务做足了准备，我准备好面对现实，要么为喜讯欢呼，要么为永久的喑哑发出悲号。我暗暗念了咒语，然后数到：一、二、三……我发出了声音：

"娜迪亚……"

我听到的是什么？

这到底是我的声音，还是一只被母亲遗忘、没有喝到奶的小狗的声音？

我摸了摸喉咙，我发现它是冰冷的，于是我赶紧给它做起了按摩，直到它暖了起来。

我鼓起最大的勇气，再次发出了声音，这次依然像是一条小狗，在祈求母亲的乳房。

我惊慌失措，这个高亢的、断断续续的、像一根风中飘摇的线一样不稳定的声音，绝不是我的声音，甚至一点都不像。我没有发出过这样的声音，我没有过这样的嘶哑。这声音没有一丝美感可以让我接受它，我的泪水喷涌而出，我把眼泪吞了下去，它的盐分燃烧着我的咽喉，一个折磨人心的问题鞭笞着我：我该如何面对？

会有人带着这种可怕的嗓音吗？房间里的沉默刮起一阵潮热，愈发加重了我的恐慌和无措。我感觉自己像跌入了地狱，听见一群女生对我发出惊恐的尖叫，她们因我的嗓音而大肆嘲笑起来。

火越烧越旺，我用那玫瑰色的被子裹住自己，好远离这火焰。

我闭上了双眼，我努力想要入眠，好幻想自己遭遇的一切都只是在噩梦里。但我却跌入了噩梦的地狱，那纷纷散落的梦境，其可怕程度并不亚于现实。

早上医生看到我的脸，我那肿胀的双眼令他诧异，他急切地询问我到底在烦恼什么，又在悲伤什么。我抓起一张纸，在上面写道：

“我失声了，昨天我试了一下，结果令我悲伤。”

他的脸板了起来，声音里满是怒气：

“我没警告过你吗？你要是再敢尝试，就会永远失去它。”

我瞬间热泪盈眶，我看到医生的眼中弥漫着对我的同情，他温柔地屈身靠近我的床，承诺般地对我说道：

“相信我吧，你那美妙的声音还会回来的，别忘了你会接受专业医生的指导和训练，现在最重要的是在两周内保持沉默。”

他转向护士，让她取下我手臂上的针头，然后对我说道：

“你可以按平时的习惯吃饭，但是辣椒、泡茶和咖啡不行。”

我写给他看：“我什么时候可以出院？”，他伸出长长的手指，比个胜利的姿势，笑着说道：

“两天。”

他出去前又再一次警告道：“两周不要说话。”

两周……

这两周我要怎么过？老头儿把沉默的苦痛强加在我身上，我熬了过来，然后拥有了自己的声音。当他离开宫殿时，我终于能释放出悲伤的嗓音，我在浴室里唱歌，那里加倍了它的回声，我像鸟儿一样鸣叫，抒发对像我一样被困住的小鸟的爱意，如果女佣们有任何疏忽，我也会用这个嗓音大声斥责她们，我还用它恳求过阿提亚，让他帮我逃跑。我的声音，会根据不同的场合及不同的交谈对象，点缀上各种叮铃声。而现在，它却只剩下撕裂般的干嚎声，只有服从医生的命令，它才能痊愈，才能恢复它的娇俏、它的嘤咛，难道它会比痛苦服从着老头儿的命令更糟糕吗？

我的到来对阿提亚而言是个惊喜，他对我盛情款待，我不在的时候，他伤心不已，而今再次看到我，他开心得手舞足蹈起来。他的热情如温暖的海浪般朝我涌来，他抓起我的双手，浸润着它们，随后将无数个亲吻播撒在我的头上。我感到他的心快要跳了出来，扑到我那苍白的脸上。我不再对母亲心怀愧疚，而是充满了感动，这让我勇敢起来，我温柔地拥抱并吻了他，随后像一只雀跃的鸟儿一般，开心地飞向车里去拿我的包，我不再在意母亲那怒气冲冲的脸，而是嘀咕道：

“她也太夸张了。”

虽然艰难，但我就这样一天天地保持着沉默，当黎明划破黑暗的幕布，我周围的各种声音开始焕发生机，空气中荡漾着附近清真寺宣礼员那美妙的声音，人们的脚步声也开始铺散开来。邻居家里传来猫猫狗狗的叫声，垃圾车也引来一片喧嚣。一辆辆汽车来来回回，我的鸟儿们也开始鸣叫着迎接光明和日出，大海演奏着它的交响曲，波涛汹涌，浪尖上泡沫飞溅，泡沫被猛烈的浪头抛洒到沙滩的温柔乡中。

四面八方的风穿过铝窗钻了进来，仿佛所有东西都提高了音量，向我致以清晨的问候，安抚着我的沉默，邀我稍后加入它们，在沉寂后发出自己的声音。

我独自一人面朝大海而坐，仿佛在水晶秋千上小憩，沉默没有触碰我，却让我摇晃起来，它没有褪去我的衣衫，也没有改变我的坐姿，它没有玩弄我柔软的手指，也没有剥掉我指甲上那粉色的甲油，它没有扯我的头发，也没有咬我的嘴唇，它正装点着我的沉默。突然传来了母亲的声音，她把早餐盘放在我的面前：

“早餐来了，我的心肝儿，都是你爱吃的。”

她声音中洋溢着温柔，就像清新又多彩的春天，又像选美皇后的庆典，我看了看托盘，用手比划出咖啡壶和杯子的形状代以询问，她伤感地答道：

“等你康复了，我让你把咖啡喝个饱。”

母亲每天都陪我一起吃早饭，她自己也戒掉了咖啡，以免触动我的感伤，或是勾起我的咖啡瘾，她总是絮絮叨叨，不是唠叨就是提问，我有时只点点头作为示意，有时用纸笔来回答。如果她坚持要我来挑选午餐菜式，我就写给她：“就做合你胃口或者你拿手的吧。”

日子就这样一天天过去，我独自一人时，就像一匹丧失了嘶鸣声的母驹。刚开始我的鸟儿们也沉寂着，好像在体恤我的失声，也纷纷加入沉默的大军。可他们像我一样静默，对我而言却是煎熬，我需要它们的叽喳声让我感觉到世界的美妙和光明，带给我耐心和快乐。我坐在鸟笼前，比划着各种手势，随后拿起铜铃晃了晃，希望铃声能激起它们的活力，但它们却拒绝了。我忍不住大哭起来，它们被我吓得一蹦，终于叽喳起来，像是有人拿起光亮的手帕擦干我的泪水，给我的脸镀上了一抹色彩。鸟儿们好像明白了我的悲伤与诉求，于是结束了噤声，它们的鸣叫像是专治沉默的良药，驱赶着沉默，并把它拧成一团。这片死寂仿佛在慢慢枯萎，慢慢消散，最后逐渐化作一个贴在墙上的空疣。

夜晚寂静而凄清，正如我在老头儿的宫殿所感受到的那样，那时候我洗净身上沾染着他的汗渍和粘腻后，独自呆在房里，感觉四周的墙壁都漆黑一片，墙壁里渗出吱吱声，像是我的指甲在上面摩擦，我又感觉好像有传单在四处纷飞，它们堆积起来，仿佛干草垒砌的山丘，里面藏着密密麻麻的蠕虫。这一片死寂将我淹没、令我窒息，我找不到抽离的办法，也无法打破这片沉默。我只能打开所有的窗户透透气，有时窗外是寒冬，开窗后严寒和雨点蜂拥而进；有时窗外是酷暑，沾着尘埃的毒辣热风倾注进来。我原以为开窗就能驱走那孤独的山丘，以及我对它的恐惧，然而它却在那一动不动，颠覆着我一次次想要驱散它的尝试。

在那样的寂寞中，我找不到解脱的办法，只能转向我的鸟儿，把寂寞的余温和味道统统传给了它。而夜晚我则寄希望于我的梦境，在梦里我才能有片刻的逃离。

我丧失了感情和行动力，像一台停滞的机器，只有在老头儿的命令下，在他对我身体的横冲直撞时才会启动，而我的体内充满了厌恶与怨恨。但这一次我在失声的孤独中，却发现了几个让我赖以生存的出气口，我读书看报、玩填字游戏、打开广播收听各种节目和我喜欢的音乐。我打开电视，有时会打个盹儿，让电视继续播放着，大多数夜晚我会下楼去父母的公寓，他们从不让我陷入孤独，而是谈天说地，聊日常琐事，聊各种趣闻和烦恼，还有各种笑话，让我忍俊不禁，还得注意不能笑出声来。

当费萨尔和伊曼到来时，席间气氛就更加愉快了，费萨尔老让我跟他一起玩赛马游戏[①]，大多数时候我不能像从前一样为胜利欢呼，这些欢呼堆了起来，像我胃里多余的食物在隐隐作祟，我想把它们吐出来，却感觉像被一个铁拳堵住了嗓眼，于是所有东西又弹回了胃里，像肿瘤般阴魂不散。而当费萨尔搞恶作剧，把马偷偷移到“玩具厨房”旁边的广场时，我却不能出声表达我的愤怒，只能趴在地毯上，像个被骗走心爱玩具的小孩，我掀翻了我的赛马，尽管我才是赢家。我哭了起来，被一种可怕的感觉萦绕，尽管他在帮我共度困境，我却觉得他在嘲讽我的失声。

我的沉默折磨着我，而我已习惯向女学生们反复解释这一切。老师们、朋友们在我的公寓聚会时，那其乐融融的交谈让我减轻了对日子的焦虑，我发现自己逐渐习惯了这种带刺的沉默，我也发现唯有沉默，才是比说话更艰难的东西。

---

① 赛马游戏：一种类似于象棋的叙利亚游戏。

母亲则充满耐心地担当起我的接线员，当一些同事和学生打电话来问候我、想来探望我时，我便向她示意："我不想见客"，我害怕瞥见那些或怜悯或幸灾乐祸的眼光，光是想象她们在我旁边唱着歌，而我却沉默得像个蜡像，能看见，能听见，却唯独不能言语，这便已经让我恐惧不已了。

只有一个叫阿伊莎的女生，我想和她聊聊，之前她告诉了我她的秘密，我答应带她到我的公寓，我们一起为她的遭遇找个解决办法。当母亲报出她的名字时，我赶忙在纸上写道："跟她说我很想见她，只要我的嗓子一康复就行。"母亲感受到了我对阿伊莎的急切，放下听筒之后，她转向我问道：

"阿伊莎是谁？"

我简短地写道："一个优秀的学生，遇到了点儿麻烦。"

母亲走后，我想起这个光芒四射的学生，曾经时刻拥有着欢声笑语，她又聪明又勤奋，总是考第一名，所有同学都喜欢她。有一天她没来学校，我联系了她家里，想打听她缺席的原因，就像我对其他同学做的那样。一个尖锐的声音回复我：她病了。阿伊莎随后缺席了整整一周，我多次主动给她打电话，却总是听到那个同样的声音用同样的尖锐回答我。我想要跟她说话却屡遭拒绝，只能一直焦急地等着她的回归。

有一次我走进课堂，却没认出她来，那张充满生机的水晶般的脸庞去哪了呢？我只看见一张死气沉沉的苦瓜脸，双眼亦满是苦涩。课后我拉着她冰冷的手，将她带到一旁的走廊上，我又急切又担心，还很惊讶她居然戴着面纱，便不禁问道：

“你怎么了？”

她爆发出一阵痛苦的哭声，大喊道：

“我不能说话了。”

一些女生关切地聚拢过来，我不得不把她带到办公室，里面空无一人，这让我放心下来，我让她坐下，她却仍在痛苦地抽泣着，双眼含泪。

“告诉我，阿伊莎，你到底遭遇了什么？这个面纱又是怎么回事？”

她垂下了头，把头伏在桌上的双臂上：

“我不能说话了，我会给你写封信说。”

那天晚上我辗转反侧，一边等着阿伊莎的信，一边猜测着她从活泼开朗变得如此悲观丧气的种种原因，我找到一个有说服力的原因：“也许是她家人强迫她戴上面纱，她却不愿意。”可我未曾想到，真正的原因会如此丑恶。

后来她泪眼婆娑地把信给我，并强烈恳求我不要在学校里读信，她的坚持让我更加担心了。于是我谎称跟医生有约，向校长告了假，然后飞奔回我的公寓，急匆匆地打开了这封信。

一阵惊骇向我袭来，仿佛在摇晃我的脑袋，我本以为读到的会是一个小女孩的牢骚而已，向我抱怨家人强迫她做自己不愿做的事，但我看了又看，才能完全领会信里讲述的是一件多么严重的事。

她的父母出门在外，把她留给哥哥照管，他们离开的第二天晚上，哥哥突然闯进她的房间，打破了他在她面前一贯可信赖的形象。

阿伊莎就像只温顺的鸽子落入了罪行累累的猎人的陷阱，这个猎人无疑被邪恶占据了内心，空虚的男权主义在那里不断滋长。我茫然失措，忍不住颤抖，一个灼热的问题像疯狂摇晃的铃铛在我脑海中炸响："他是怎么被疯狂的欲望冲昏了头脑？难道一个兄长真会变成一头茹毛饮血的饿狼？"即便阿伊莎已经被他摧毁了肉体和精神，他也没有放过她，而是把她关在房间里，用狱卒对待囚犯那一套折磨她。她求哥哥让自己重返学校，他要求她必须戴上面纱，还要把舌头吞到肚里去，绝不能向任何人告发他卑劣的行径，否则他就杀了她。这到底是怎么样的一种丧心病狂？即便是月亮撕裂云朵的心脏，也会保留它的四肢，让它继续安稳地前行，而这个衣冠禽兽，却想把她变成一只蝴蝶，用沉默和面纱来掩盖她的遍体鳞伤。

仿佛全世界的黑暗都朝我一个人压过来，一股沉重潜入我的身体，狠狠压在我的心头，那龌龊厌恶的感觉一边挥之不去，一边又让我痛苦得想要逃离。阿伊莎的声音穿透了我那静寂已久的耳膜，啮咬着我的血肉，切割着我的骨骼，仿佛在乞求我把她从地狱中救出来，同时又像是一只老鼠，咬破了关着受伤狮子的罗网，只要狮子一出来，就会吞下它。我就这样陷入了对她悲惨遭遇的同情之中，度过了忧伤与困惑杂糅的一夜。阿伊莎正陷在比瘟疫更可怕的黑暗中，我得找出一条救她出来的可行之路，让她逃生却又不让她暴露在第二头饿狼的险境之中。我脑海中沸腾着万千思绪，最后只剩下一个念头，那就是让我脑中的蝴蝶飞到她父母那去，告诉他们这令人心碎的真相。

之前由于生病、失声，以及连续几周的治疗和手术，我远离了学校也远离了阿伊莎，但她的身影、她的伤痛却始终在我眼前萦绕，朝我浇下凝固的血液和肮脏的锈屑。

不能开口的时候我攒下了成千上万的话，就等着释放出我的声音那一天。我反复数着一周的天数，终于盼到了和医生预约的那天，他的建议对我至关重要，我希望到时候他能缩短我第二周的噤声期，这样我就能开口说话了。

离预约时间还有整整一小时我就动身出发了，我坐在等候室里读着小说消磨时间。这本小说出自一名前卫的女作家之手，我第一次读她的书就迷上了。我慢条斯理地一边排队等号，一边翻着书页。我沉浸在那些故事里，被那兼具诗意的语言和优美的对话以及精妙体裁深深吸引。有个蒙着面纱的女人坐在我前面，她盯着书的封皮看了会儿，然后起身坐到了我旁边的座位上，她用指尖碰了碰这本书，像是在摸肺痨病人的嘴唇一样生怕被感染，随后用充满敌意的声音问道：

“你为什么会对这本下流的书感兴趣？”

我感到一记痛苦的重击，却无法出声，只能愤怒地瞪着她，然后翻到书的最后一面空白页，在上面写道：“你读过这个作家写的任何东西吗？”我把这句话甩到她眼前，她像拂去落在鼻尖的虫子一样惊慌地答道：

“读她的书太不体面了，我只是听说过而已。”

我立即写下另一句话：“那你就没有资格评判她。”这样还不过瘾，于是我又写了句圣训给她：“那些认为别人是浪荡子便背过身去的人，其实自己才是愚昧之人，他们会为自己的所作所为后悔的。”看到这句话，她垂下了双眼，好像在为自己的草率感到羞愧，便逃回了她之前的座位。不知为何我却突然有种笃定的预感，她离开诊所后会立马赶到最近的书店买本那个女作家的书。

我垂下眼睛继续看书，但字字句句在我眼前变得模糊起来，思绪的帆船把我拉进阿伊莎和她悲惨遭遇的漩涡中。她的遭遇，无疑也是其他姑娘所经历的，她们被人欺骗，甚至是最亲近的人欺骗。我开始回顾听到的一切，有些女孩被家人勒令去上宗教课，但她们却因选择了其他方向的课程就被控诉，这让我不敢相信。她们有些人顺从了家人的命令，而有些人却在嘲笑家人的愚昧，就像有个女教师取笑她的丈夫：“你们想象一下，有次我和我丈夫的男性朋友坐在海边咖啡厅里，我们看见我丈夫在那跑步，他走过来跟他朋友搭话，却没发现我！”另一个女同事则用不乏惋惜的语气接着说道：“你戴着你那形影不离的黑色面纱和墨镜，遮得严严实实，他怎么会认得出来？”这个荒谬的故事令我心思散乱，直到听见护士叫我名字，让我进去见医生，才仿佛有束光照射进来。我进去后，医生微笑着和我打着招呼：

“嗨，你现在声音怎么样了？”

他的诡计并没有套出我的话来，我扯过一张纸，在上面写道：“我没再试过了。”

“很好，很好，让我们来检查看看吧。”

他让我完全放松，然后拉出一根细细的内窥镜管，把它插进我的鼻孔，开始慢慢向里推进。我被呛了一下，一股强烈的呕吐感突然袭来，让我恶心。于是他取出了管子，让我再忍耐下，他要进行第二次，随后第三次，那根管子像条蛇一样爬进我的喉咙，直至在某个它想要的地方停了下来。医生双眼盯着仪器，上面正显示着我体内的图像，他轻声称赞着我，我不知道这样的鼓励是为了让我遵循他的指示，还是为了让他的检查过程进展得更加顺利。最后他终于把那条蛇拉了出来，我的喉咙还是瘙痒难耐，我却没法去挠一下。

我赶在他之前坐在了他对面的椅子上，在纸上写道：“如果一切都好，我可以开始说话了吗？”

他笑了，双眼却带着歉意：

“你最好再坚持一周。”

我很懊恼，他却仍然微笑着，暗示我反抗无效：

“我理解你的难处，但你一定要继续坚持。”

我感到疲惫和干渴，便把这些症状写给了他，他抽出一张处方纸，在上面写下药品的名字，向我解释道：

“吸剂药可以帮你缓解干渴感，另一种用来预防炎症。”

我失望地走出他的诊室，他的命令像是给我戴上了口罩，令我不得不继续沉默。我去秘书办公室付账，那里的女职员调整了下她歪斜的面纱，然后朝我笑了笑，她发现我还在打手语，便安慰我道：“真主保佑，你下次就诊时会更好一些的。”她的安慰让我开心不起来，反倒让我有了种奇怪的感觉，觉得她在嘲笑我说不出话，甚至从我的惨状中获取快感，也许她偷偷翻看了我的档案，知道了吸烟是我病情的诱因之一。

我强忍着泪水走下楼，刚出诊所大门就想起了医生的处方，于是我再次回到了药房，我并不想看药剂师的脸，就把处方放在了柜台上，等着我前面的女人移开。沉默的重压让我面色苍白，焦虑不已，我又要再当一周失去言语的机器。呼唤我名字的声音将我从思绪里拉了出来，于是我朝前走去，抬起眼睛看着药剂师，听他说道：

“这是吸剂药，另一种药没有了，如果你需要，我们这还有一种替代品。”

我拿出我的纸和笔，写道：“它也有同样的药效吗？”

他回答当然，于是紧接着我写下了再见。

我快步回到我的车上，缩进那抚慰人心的内壳中。医生的命令让我的梦想再度破碎，于是我搜索着电台，想找到适合现在听的歌曲。我敲开母亲家的门后，哥哥的脸出现在眼前，我冲进他怀里，只听他说道：

“毫无疑问，医生准许你说话了，来吧，让我们听听你夜莺似的声音。”

母亲走过来，正好听到他最后一句话，刚要欢呼，我伸出七根手指，晃动着示意他们还要再等一个星期。

我毫无胃口地吃完午饭，就像在完成应尽的义务一般。我上楼回到自己的公寓，瘫在床上，悲伤从我的眼中滴落出来，我内心是多么渴望日子像波浪般奔涌而去，我能早日用这被俘虏的声音唱起歌来。

门铃羞怯地响了起来，我猜是阿提亚，便帮他开了门。当他看到我脸上的忧伤进，明白了我仍然处于噤声期，他尝试用朴实的话语安慰我，声音却仿佛泡了蜜一般震颤着我的灵魂。我摇摇头表示感谢，手掌像轻盈的鸽子般落在了他的肩上，他低下头，我还没来得及抽回手，他就在上面印下一个慷慨的亲吻，让我的手不住地颤抖起来。

第二周的噤声更加难熬，较之从前我也并没有驾轻就熟的感觉，只有家人们围绕在身边时我才会觉得轻松一些，甚至连侄儿们的尖叫，还有他们抢夺玩具或糖果时的打闹，都不让我觉得烦扰，相反却给我内心带来了些许欢乐，我总是静静地看着他们那些令人发笑的场面。阿提亚也没有放弃我，只要我上楼回到自己公寓，他就带着一堆书本上门来。他身形挺拔、衣着整洁地坐在那，读着他已经背下来课文，我在一旁满意地点头，中途如果他有说错的地方，我就佯装生气。他合上书本，开始把学校和同学的情况娓娓道来，还会模仿一些上了年纪的老师，他们会忘了单词，还会把自己不懂的词给换掉。阿提亚有时还会骂那些讥讽学生的老师，还有那些在教学上毫不努力，只想着赚取更多津贴的老师。

阿提亚甚至把我的鸟儿们也放在心上，鸟们很喜欢他，每当他登门拜访，它们就变得加倍聒噪起来。他总是坐在笼子前，一边帮它们换着水盆和粮食盆，一边对着它们吹口哨，或是用他那充满魅力的嗓音唱着歌。有一次阿提亚带来一个带彩色圆圈的塑料玩具，他把手伸进笼子里，把玩具挂了起来，然后转身告诉我，只要鸟儿们一动，这些圆圈就会发出轻柔的音乐声，这会让鸟儿们叫得更欢。打从那天起，鸟儿们果真更加活泼、也更加聒噪起来。

有一天阿提亚进来时，发现我正焦头烂额地试图把一颗钉子敲进墙里。我一敲，钉子就飞了出去，他赶紧过来帮我。他伸出双臂时，整个人贴在了我身上，他用指甲长长的手指抓住钉子，示意我敲上去，我能感觉到他的呼吸，就像是从他胸口钻出的一阵妖风，并没有把我抛得远远的，相反却把我朝它那边吸过去，像是要把我藏在它的帐篷里。我的手突然失去了平衡，一下……两下……第三下砸中了他的手指，他疼得大叫起来，把手缩了回去塞进嘴里，好像这样能缓解那灼热的疼痛。我愧疚地看着他，感觉对他十分抱歉。这时他说话了，声音不像从喉咙里发出，倒像是从内心缓缓道来："我愿意把我的手指，和我整个生命都献给你。"

我并没有误会阿提亚的感情，爱情就像鸟儿般在我们的指尖和脸颊上跳跃，不管我们如何掩饰，它的悸动、它的吟唱，也会把我们暴露。

我为这份高洁的爱情感到雀跃，但同时也不知道阿提亚到底爱得多深，我曾向他表达过我的感情，那些我还没有搞清楚，或许并不是我想要的感情。有时我的梦会把我拉到那一天，那天我的心第二次为了爱情而绽放，我找到了一个可以弥补我在老头儿和吉瓦德那受到伤害的人。我曾感觉自己把梦想建在了摇摇欲坠的沙丘上，我对男人不再有信心，也不再有力气应承那些媒人，他们有些是我的大学同事，来找父亲和哥哥想要做媒，有些是母亲的熟人，母亲对他们整个家族的情况都了若指掌，因为自母亲随父亲从阿勒颇嫁过来后，就和他们建立了友谊，保持着联系。而她的好人脉又得归功于我父亲的家人，他们喜欢她，让她接触周围的环境与信息，从不把她当外人、当家庭和族群的闯入者看待，于是母亲过上了备受宠爱、养尊处优的生活，我从不记得她和我祖母、和任何一个姑母发生过争吵。母亲善良又聪慧，很快适应了祖父家里的氛围。她总是坐在地上，和他们一样用手取食进餐，她穿着斗篷，戴着面纱，从不抱怨生活中的任何一天，她很爱我的父亲，为了满足他、取悦他，母亲可以做任何事。她既愿意帮助那些贫穷困顿的女人，也会跟大家族中的女眷做朋友。从她和父亲那，我学到了谦卑的精神。即便后来我获得了老头儿的巨额遗产，在我心中这也没发生丝毫改变。当吉瓦德有天怂恿我去轻视某些他所谓的“不值钱”的女学生时，我断然拒绝，提醒他道：“要是我没跟那个老头儿结婚，也没从他那继承遗产，那我现在也是你眼中廉价的女生，金钱不会使人拥有灵魂。”我始终记得母亲的精神，她总是忘我地为家里的一切奉献着，并以此为幸福。我喜欢她对父亲的忠诚，对他的珍重，对关于他的一切都无比重视。我看过母亲如何为父亲准备沐浴，如何在一旁等待召唤去帮他搓背。当父亲走出浴室时，总能看见床上摆放着熨好的衣服。父亲出门之前，母亲会帮忙确定他是否着装优雅，再在他手上喷洒香水。父亲踏出门槛之前，母亲会亲吻他的双颊并为他祈祷。我喜欢母亲对父亲的柔情，虽然他有时候也会发脾气，也会有些粗暴，但她却不认为这是一种带有侮辱和残酷的粗暴。在我爱上吉瓦德的时候，我曾梦想他会成为我的丈夫，而我，会变成母亲那样的主妇，一个甘于奉献、永不抱怨的妻子。我并非拒绝结婚本身，但是由于老头儿在我身上种下的恐惧和厌恶，以及吉瓦德的种种企图和矛盾在我这留下了疑神疑鬼的后遗症，我对每个前来求亲的人都不满意。当我和家人坐在一起，接待新的求亲者时，我弄不清这种挥之不去的感觉到底是什么，我在他们每个人眼中都搜寻着类似那样充满柔情的眼神，正如我从阿提亚眼中看到的一样，我也搜寻着他看向我时那种热切、那种担忧，那种要与我分享欢乐与悲伤的心情。阿提亚让我安心，他总是从一个手势、一个眼神，就能明白我想的是什么。我变得越来越依赖他，也愈发信任他。这种总是驱使我把求亲者和阿提亚做比较的感觉令我担忧，这种担忧开启了我对阿提亚某种明知不可能的感觉，它进攻着我，动摇着我想要后退的内心，而我却不敢把它透露给任何人。

一周结束了，见医生的日子终于来临，我打开衣橱，在那站了许久，想挑选一件最漂亮的衣服，足以配得上我即将发声的喜悦。母亲也很高兴，临别时不停地祝福我，我企盼医生不要让母亲的希望落空，我能带着夜莺一般的声音回到她身边。

我不知道是怎么到达诊所的，直到发现自己已经充满紧张地坐在了检查椅上，医生也发现了我的紧张，便说道：

“我觉得你现在比火炭还滚烫。”

我点点头当作回答，任由那细管继续蠕动，我没有感觉到上次那种恶心，而是充满耐心，直到他把管子扯出来，恭喜我道：

“祝贺你，现在可以小声说话了。”

我眼中泪光闪烁，一时找不到什么动人的语句开启我沉默的大门，只能说一句：“赞美真主，世界之主。”我的声音微弱而颤抖，这让我面部抽搐起来，医生注意到了我的惊慌，微笑着肯定道：

“练习后会更好的。”

“我还需要吃药吗？”

“只要吸剂药就行”，然后他竖起手指警告道：“你得继续戒烟。”

我诚恳地答应了他，欣喜若狂地从诊室冲了出来，像一只在广阔无垠的天空翱翔的鸟儿，我朝一条通往热闹街区的路驶去，那有片带着古老记忆的居民区。我觉得生活甜蜜，人们的脸庞也更加可人，透明的云朵翩翩起舞，这一朵像是迷路的羚羊，那一片像是开到最盛的玫瑰，这一朵像是飞奔的母驹，尾巴在空气中摇晃，那一片像是快要临盆的猫。一路全是绿灯，像是故意在为我放行，让我继续飞驰，这一切都在向我证明，生活就是一个可以让所有梦想都成真的无边花园，它实现了我的梦，还送我一罐糖。

我兴高采烈地爬上母亲的公寓，他们正等着我，脸上带着些许担忧，我用那稚嫩的、尚未完全复原的声音抢先说道：

“我可以说话了……但还需要一个月康复期。”

母亲发出欢呼声。伊曼也高兴地祝贺我。费萨尔则注意到我声音里的重音而略感担忧，他靠近我，远离母亲的听力范围，悄声说道：

“你的声音还会恢复吗……”

我用同样的低语打断了他：

“医生说了，经过练习它会好转的。”

我动身想走出去，母亲拉住我的手臂说道：

“你去哪？我们该吃午饭了。”

我笑着对她说道：

“妈妈，我不饿，我只想好好休息下。”

我回到自己的公寓，躺在对着大海的沙发上，大海清澈而澎湃，有时会蹦出几条身披婚纱的银鱼，有时又像穿过紫外线的金色小船。

我感到了一片来自心底的宁静，令人心旷神怡，我在房间里踱来踱去，环顾四周，一切都在伸展、伸展，直至变成一片辽阔无垠的花园。鸟儿们开始演唱奇妙的小曲，画上的人物、树木和羊群齐齐演奏出提琴和铃鼓的和声。就连那柔和的沉默，也变成了一个正在活动的、五彩的男人，他扬起他的铃铛，他的耳环和手镯也在叮铃作响，他温柔地伸出双臂，把我从沙发中拉起来，把我紧缚在他宽阔的胸膛，他搂住我的腰肢，开始与我共舞一支急速华尔兹。我周围的一切都轮换着与我跳舞，那打开的窗户、地毯、发光的百叶窗、棉与绸制成的桌布，它们都在我的双臂间起伏，上上下下，贴近我的胸口又随即离开。我变成了一只自由自在的蝴蝶，梦想骑在接下来的幸福生活上翩翩飞舞。

第八章

然而岁月暗自铺设下各种不幸，像老头儿去世这种令人开心的事却不会时常发生。当所有隐藏的快乐都如地毯般被铺展开来，悲伤的大风就会再次将它们吹得七零八落。声音恢复的快乐并没有让我忘记阿伊莎的遭遇，但我迟迟没有联系她，想再等一周，直到我的声音经过练习后完全复原。而此时时刻，在这样的快乐之后，我奔向电话，转动拨号盘，随后听见了她母亲悲痛欲绝的呜咽声：

“阿伊莎自杀了……她从房顶上跳了下来。”

电话听筒从我手中滑落下来，砸在地面，也狠狠地砸在我的心上。寥落的乌鸦叫声在空荡荡的房间响起，在各个角落回荡。之前所有的美好画面被连根拔起，被抛向四方，锋利的钉子也四处纷飞，墙壁的碎石分崩离析，带来一片黑色的尘土，随后落在地上，积聚成堆。最后落下的是我那破碎的心脏，碎片一块块到处播散，鲜血四溅。我那备受呵护的、唯恐它再次离我而去的嗓音，爆发出响亮的尖叫，恐惧将我包围，阿伊莎的脸分裂成无数张，在我眼前闪现：尖叫的脸、燃烧的脸、紫胀充血的脸，被掩埋住只露出双眼和舌头的脸，以及悲伤的、向我铺天盖地砸来责备的脸："你来迟了。"

这样残酷的时刻让我无法忍受，我穿过重重废墟和无数张脸庞，朝母亲的公寓跑去，我惊慌失措，尖叫连连，泪流满面。我不得不向她吐露阿伊莎的秘密，因为它已经颠覆了我的生活，掩埋了我的快乐。

那晚我不敢自己一个人在公寓睡，父亲和母亲温柔地劝慰着我，尤其是父亲，一直在耐心安抚我，消解我对自己的埋怨。他坚持说我不该受到良心的谴责，而我却感觉疲惫不堪，只想诅咒这该死的良知，狠狠折磨它一番："对于阿伊莎，我真的来迟了，所以她不得不选择了一种疯狂的方式去摆脱她的痛苦和遭遇。"

那一晚，烟瘾卷土重来，我恨不得吞下几十根香烟。我知道家里并无存货，便让母亲差遣阿提亚去买烟，母亲大发雷霆，气得发抖，毫无昔日拥我入怀的慈爱，父亲也站在她那边，严厉地制止我。自从老头儿死后，他就再也没有这么严厉地对我了，我不得不败下阵来，但我的烟瘾并没有消退。那一整晚我都不能阖上双眼，每当我要闭眼，阿伊莎那充满责备的脸庞便跃然眼前，像在我眼中塞进了一块火炭，她那悲切的声音也在房间里回荡，仿佛泣血之声环绕。

因为总是梦到阿伊莎，我陷入了长期的失眠中，但这诡异的梦也让我的梦境不再单调，它在我内心掀起了狂风，像是一列送葬的队伍，正在为死者痛哭流涕。有一晚我梦见了阿提亚，他在敲门，我睡眼惺忪地去给他开门，一边开一边用慵懒的声音问他道："怎么啦？"他没回答，而是轻轻推开门迈了进来，他动作轻柔地合上门，像是担心弄疼它一般。我后退了几步，开始从瞌睡中清醒过来，声音也精神了些："阿提亚，怎么啦？"他还是没回答，而是靠近我，用他那长长的、满是肌肉的双臂将我拥入怀中，我大吃一惊，觉得自己像一只兔子，被饥肠辘辘的狐狸抓个正着，吓得一动不动，生怕被狐狸一口吞下。我屈服了，不知道是出于恐惧还是欣喜，但我感觉到自己需要一片被黑暗笼罩的绿洲，那里没有太阳也没有月亮，那里有一块宽广的腹地，而我要潜入那如双乳般凸起的两丘间的河谷中。

他一根手臂逗弄着我赤裸的背部，另一根仿佛潮湿的树干般环绕过我的脖颈，他的手指插进我披散的发丝中，我甚至感觉到了他指尖的湿润，和蔓延到我全身各处的颤栗的暖意。自从我跟吉瓦德分手后，我都快忘记了这种温暖的感觉，我曾以为再也没有像他那样的温暖，能够在某一刻让我怦然心动。随后他的手又大胆地滑到我的下巴处，抬起它，我们四目相对，我看见他瞳孔中燃烧着熊熊火焰，我听见他急促的喘息，仿佛劈开了挡在我们脸庞之间的幕帘。

他那粗糙冰冷的双唇令我心头一惊，但与此同时，我却发现自己的双唇完完全全被埋进了两片柔软的肉垫中，我全身颤抖，快要融化在他身上那更加剧烈的震颤之中，他轻轻地用双臂将我抱起来，冲进我的卧室，除了我，还没有其他人碰过那里的床单。

他把我放在床上，我变成了一朵绽放的玫瑰，等待着和风和雨露的滋润，而他热切地抚弄着花瓣，像是想要探寻每一片花瓣的秘密。我沉醉在这片恍惚与迷离之中，迸发出一阵呻吟，随后一汪溪水朝我涌来，于是我爆发出了更高亢的呼喊。

我从睡梦中惊醒过来，发现自己独自一人躺在床上，但阿提亚的味道却从我的身体中弥漫出来，布满了整个房间。我喘着粗气，像个一刻未停刚走完数千公里的人，我冲到窗户旁，拉开了窗帘，大街上的光亮投射到海的中央，乌云笼罩着曾经清澈的天空，像是预示着暴风雨的来临。我坐下来，回想着那个奇梦，那些沉没在记忆洞穴中的陈年旧事也随之袭来。当我还是个六岁的孩童时，仍没改掉流口水的毛病，母亲在我胸前系上一块棉质口水巾，每当被口水浸湿后就换掉，但她还是很担心这个坏毛病会伴随我长大。

任何治疗方法都无济于事，直到有个上了年纪的女人告诉她，只有让一个奴隶在聚礼日礼拜后，亲吻我的双唇，才能起到作用。

我还记得母亲是如何带着我坐在清真寺门口。那天天气炎热，我烦躁不安，她一边呵斥我让我安静点，一边目不转睛地盯着走出来的礼拜者她看到一个奴隶，匆忙迎了上去，拜托他行行善，亲我一下。我也记得那个奴隶是如何靠近我，我大叫一声，想从母亲的双臂间逃跑，但她和那个想要获取真主赏赐的奴隶牢牢地包围了我，抓住了我的头。他俯下身来，把嘴堵在我双唇上，并从我嘴里吸走了所有的口水。他吸完后，我简直要把五脏六腑都吐了出来，从那之后我就病了，吞不下任何食物。但在几个星期后，我居然真的不流口水了……我回忆起那个时候，并把它和现在这个梦对比起来，阿提亚的吻融化了我的双唇，我并不难受也不厌恶，而是细细品味、融化，在愉悦的空间翱翔。

我回到床上想继续睡觉，但是刚才让我醒来的梦却让我睡意全无，我一直在回味着，沉醉其中。阿提亚那滚烫的汗珠令我心神激荡，然而那个悲惨的夜晚却突然闯入我的脑海，当老头儿命令他进入我的身体……唉，他那晚的所作所为和这个梦比起来差远了！那时候他只是在执行主人的命令，我没有预感或觉察到他对我的任何情愫。

今晚他就像个情人，准备好了玫瑰等着爱人的惊呼。那晚在老头儿的床上，他让我感觉自己像条被碾碎的恶心的蠕虫，而今晚我躺在自己的床上，他却让我感觉像是一块燃烧的火炭，上面裂开缝隙，弥漫出一股沁人心脾的体香。随后我的双眼被睡意笼罩。第二天清晨，我下楼去母亲的公寓，我又累又饿，像有一年没吃没睡了一般。尽管如此，我还是感觉到我的身体和灵魂都释放着新鲜的氧气，它们的味道散发出来，带着成熟的椰枣的芳香。母亲发现我饿得发慌，四处觅食，甚至拿起了一向嫌弃的黄油，平时我最多放一点儿在热乎乎的烤土司片上，然后再盖上一层我喜欢的橙子果酱。她毫不掩饰她的惊讶：

“你今天怎么了？像个饿死鬼似的？”

她在厨房里走来走去，擦拭着盘碟，再把它们放回原处。我想抛掉那个春梦带来的心理重担，便对她说道：

“妈妈……您坐一下吧，我想跟您说说昨晚的梦。”

她放下毛巾和还没擦干的碗盘，好奇地在我旁边坐了下来：

“真主保佑，一切都还好吧？你梦到什么了？”

“阿提亚。”

提到他，母亲像被蛰了一下：

“我们和阿提亚早就划清界限了，他居然还在你梦里死缠着你，他干了什么？”

我向她抛去一颗“炸弹”：

“他亲了我……”

母亲大叫起来：

“这个短命鬼！一个奴隶竟敢亲你！”

我大笑起来，像是有无数根手指在挠我痒痒，我提醒她道：

“妈妈……这只是个梦啊……梦！”

母亲却大惊失色，紧绷着脸：

“那如果……他什么时候真要胆敢靠近你的话……”

她随即转过身来，伸出指尖拂过我的脸，像是要掸去我脸上的死苍蝇，她愤怒地说道：

“他亲了你哪儿？脸颊还是……”

我打断了她的话，用粘着果酱的手指按在双唇上：

“他亲的这儿。”

她站在那，像被毒蝎蛰了一口：

“这个杀千刀的，可你为什么要让他靠近你呢？”

我再次大笑起来：

“妈妈，拜托你，这就是个梦，而且你别忘了，在他之前还有个奴隶亲了我的嘴唇。”

“纳伊夫才不是奴隶。”

“我说的不是纳伊夫，你忘记那个在我小时候，你让他吸我嘴唇的人了吗？”

“那个只是为了治好你流口水的一种办法，你为什么会突然想起这事？”

为了安慰她，我只能撒谎道：

“我看到了同一个人，就是你让他亲我那个。”

母亲长舒一口气，起身继续去擦拭碗盘了。

我并没有如实告诉她梦的细节，光是一个吻就让她神经紧绷、心情压抑，要是知道他……而我……，她又会怎么反应？

耳边传来她的埋怨声：

“你是有多纵容他，在他身上花了多少功夫，才让他敢对你如此胆大妄为！”

母亲根本受不了阿提亚亲我这回事，就连在梦里也不行。如果让她知道梦里的细节那还如何了得？也许她会被吓得心脏麻痹，也许她会疯了一般逼我们赶走阿提亚。

我们之间陷入了沉沉的死寂，我在那蔓延开来的压抑气氛中，感受到了她对阿提亚无声的愤怒与仇恨，而我静下来后，又再一次想起了那个梦，我想到梦中那个我与阿提亚共度的夜晚，我们曾互相摸索着对方的身体，我们的呻吟曾穿透彼此灵魂深处，我不禁再次大汗淋漓。

自从那个梦以后，我身体里的所有沉寂都被唤醒了，欲望的种子也破壳而出。

那些曾被熄灭的渴望又重新燃烧起来，火花嘶嘶作响，我那被压抑的欲望也苏醒过来，我盼望着一阵大雨来浇灭那熊熊烈火，将它困在被我忽略已久的身体中，在我双腿之间，那些在我爱上吉瓦德时点燃的小小闪电，早就在那被扑灭了，而这个梦却激活了我的欲望，因为我正寻找着它，也对它感到安心不已。

我赤身裸体地站着镜子前，端详着自己的身体，内心充满了惊讶：啊……这具身体仿佛由银和光芒铸造而成，它的皮肤没有松弛，它那洁白的肤色依然柔软并且充满光泽，它像心脏一样跳动着，像夏日水果一样美味可口。我开始同情起自己来，一个像我这样正在绽放的女人，怎么会被禁止在手上喷上香水，盛开她卷缩的花瓣？我凝视着我那坚忍的双唇，即便是我曾爱过的吉瓦德，也不曾触摸过它们，除了那个老头儿，谁也没品尝过它们的味道，而他根本配不上它们，也从未成功征服过它们，让它们屈服于他那松弛的双唇的攻势之下。我凝视着我那耸立的双胸，老头用他干枯的、毫无生机的双手第一次采摘了它们。

我的视线滑到下半身，朝我的阴户看过去，阿提亚那灼热的阳物曾长驱而入，紧接着是老头儿那像根枯萎的黄瓜似的阳具。我愉快地确信了我有一具仍然柔嫩的躯体，它需要、也有权找到一个方法，重新被洒上盐与露水。于是我每个夜晚都期待着进入那清醒的梦境，它们会把我引到发光之处，我会毫无防备地和阿提亚一起潜入其中。我看见自己深陷在他的双臂之间，他那黝黑的脸庞像天空，我在他双眼中看到了月亮，我闻到了他身体散发出的味道，像是各种水果刚刚榨出的果汁，有菠萝、橙子、葡萄和香蕉的香味，我沉浸在这些香味的罗网里，并融化在其中。

在他的双唇间我尝到了青苹果的味道，我既不厌恶也不享受，当他爬上我的身体，我感觉他像一道熄灭的光柱，向我的太阳倾斜过来，好吸收它的光线。我没有感觉到他身体的重量，而是像一片柔软的树叶漂浮在平静的湖面。我听见树叶的低语声，它的燃烧令我愉悦，它的风暴令我感伤。我勇敢地向阿提亚展示我身体的每一个角落，甚至是最微小的凹凸起伏。我屈服于他那瀑布般的冲刺中，这让我大汗淋漓，直到迸发出颤抖的火花。我的汗水湿透了床单，我的叫喊和呻吟也被深埋进枕头里。我没有轻视自己，也不觉得自己犯下了什么大逆不道之事，这只是一个清醒的梦境而已。梦醒之后，阿提亚就让我变成了一片枯萎的薄荷叶，我总是一个人躺在床上，房间墙壁传来类似苍蝇嗡嗡叫的声音，令我窒息，梦境只会俘获我几分钟的时间，随后它便离开，只留下沉默的残骸在每个角落铺展开来，而我却仍被欲火炙烤着。我希望能在身旁找到一堆沙子，把沙子涂抹在身上，把这股火压下去，最后扑灭它。我为自己悲泣起来，把身体扭得像截空心的树干，那消逝的梦境逐渐沉入绵延的蜃景中。

我一边沉迷在这些虚幻的梦境中，一边想为这具残破的身体寻求各种各样的快乐，为此我饱受折磨、一蹶不振。我是个又漂亮又年轻的寡妇，很多男人都想得到我，不停地敲响我家的大门，而我却发现自己带着全部光环陷入了阿提亚的深坑中，我想让他当我的秘密情人，可以满怀希望和满足地投入他的怀抱。这时我突然间清醒过来，刚才的念头让我吓了一跳，我迅速恢复了理智，坦诚地问自己："我真的爱阿提亚吗？还是只因为那晚的梦把我体内的欲望点燃了而已？"

各种胡思乱想把我头脑塞得满满的，然后像疯狂的蝴蝶一般蜂拥而出，撞击着房间的墙壁，它们被撞得支离破碎，随后又被弹回我的脑海，我感到又困惑又混乱，却无法找到什么有效的解决办法。我一改常态，在公寓中孤独地呆着，彻夜难眠，我的脸庞被苍白和枯槁所笼罩。照镜子时，发现岁月已在我脸上刻下了几十道细小的沟壑。这一切，并没有逃过母亲的法眼，她注意到了我的变化，也许还听到了我内心悲切的丧钟之声。她开始对着我比划起来，而我并没有注意到，直到她的担忧满溢出来我才发现。有天清晨，我们正在和父亲一起吃早餐，母亲转向他，手指着我说道：

"你女儿的状态让我很担心，她可能遇到了什么问题。"

父亲仔细观察了我的脸，他那慈爱的声音朝我涌来：

"你母亲说的是真的吗？"

我挤出一个笑容：

"您是知道母亲这个人的……她总是操心我这个那个，总是乱想……"

母亲生气地打断了我：

"我才不是乱想，我是用心而不是用眼看见的，你的笑容呢？你那甜美的笑容呢？你把自己封闭起来，变得又苍白又憔悴，总是神情恍惚，好像把全世界的忧虑都扛在了肩上，到底发生了什么？"

父亲安慰她道：

“你先别这么担心她，让我们来听听她怎么说。”

我不得不捏造个理由：

“爸爸……您知道我的病情，我老呆在家里，又憋闷又无聊。”

父亲建议道：

“如果你觉得身体好些了，就提前结束休假、重返工作岗位吧。”

我暗暗高兴捏造的借口让他中计了：

“我正在考虑这个问题呢，尤其我还特别想念我的学生和同事。”

妈妈放心了，面孔也舒展开来：

“那就办个派对，请你的同事来，这样你就能振作起来，走出消沉了。”

她的话令我开心不已，我确实需要一些变化，来帮我远离那些梦了，那些梦像饥饿的蜘蛛般，用蛛丝将我紧紧包围。

尽管我很高兴能重返工作岗位，但这绝非易事。我刚一踏进学校的大门，阿伊莎的模样就浮现在我眼前，我感受到一阵战栗。当我走进教室时，这种感觉更甚。学生们看到我进去，都纷纷起立鼓掌，还送上了问候并祝贺我康复。我的双眼仍在搜寻着阿伊莎的脸，我那刚痊愈的嗓音被悲伤占据着，发不出声来。我看到她的座位仍在原处，空荡荡的，散发着沉默与悲伤。我忍受不了，泪水盈眶，我坐了下来，将头埋在双手之间，想止住眼泪。一时间我的四周被这茫然的死寂所笼罩，直到椅子的碰撞声将我拉回现实，有两个女生正把阿伊莎的桌椅搬出教室，其他女生随即开始调整剩下的座位，好分散那弥漫的悲伤。

这样的悲伤伴随了我一个多星期，直到习惯了阿伊莎的离开。我逐渐恢复热情与活力，开始敦促学生们更加用功。但是离期末考试只剩下两个月的时间了，我一边催促着她们，一边也督促着阿提亚，不仅如此，我还陪他一起复习功课，其间我们时而肌肤相触，时而目光相接，他仅仅呆在我的公寓里，就会让我闻到那股梦中的香味。我好奇地偷看他那被衣服遮住的身体。

它到底跟我在梦里看到的一样光洁无暇，还是因为总被老头儿的皮鞭抽打所以留下许多伤疤？亦或是因为某天曾患过水痘所以还有残余的痘印？我多希望我能忘记，有一次他衬衫上的纽扣开了一颗，我瞥见了他凸起的胸肌一角，还有两颗黑色的葡萄。那些邪恶的念头让我心烦意乱，进而化作对他的满腔怒火。在他阅读和听写时，我不放过任何挑错的机会，然后冲他发火，责备他，仿佛我是在为自己报仇，报复他在夜里的梦境中对我施展的威力，还剥夺了我的清醒。他夹着他的书包走出去，留下身形高大的背影和他的味道。他的味道充斥在宽敞的空间里，我感觉那味道仿佛在暗中用爪子挠着我，无声的沉默操纵着这个味道，把它塞进我每一个毛孔，于是我体内那肆无忌惮的欲望又复苏了，它催我去床上寻找他的身体，然后毫无羞耻地跟他缠绕在一起。

那个白天我正在母亲的公寓和她玩着赛马游戏，门铃接连响了起来，我站起来打开门，看见阿提亚拿着他的小学毕业证，喜悦像蝴蝶般在他脸上跳跃纷飞，他的声音也如鸟儿般愉悦：

“我通过了考试，而且所有得分都很高。”

“太好了阿提亚，我要给你办个庆功会。”

他喜气洋洋，像个得到新玩具的孩子，而我心中的快乐，就像看见草原的羚羊在大声嘶鸣，我转向母亲，她正盯着沉浸在喜悦中的我们俩，眉头紧锁，我对她说道：

“妈妈您看见了吧，我跟您说过阿提亚是个聪明能干的人。”

她却嘲讽般地说道：

“那他为什么不给你拿个博士证书回来，只是个小学毕业证而已。”

阿提亚说话了，从他的语气里，我感觉他在故意回击母亲的讽刺：

“真主保佑，我可以试试看，只要娜迪亚小姐能够满意。”

母亲气得咬牙切齿：

“你有什么毛病吧？你缺的可不只是个博士。”

我埋怨母亲道：

“妈妈，你怎么不鼓励祝贺一下他呢？”

“你还是把你妈妈埋了吧……我不知道你为什么满脑子都是他。”

我走了过去，用双臂环抱住母亲，亲吻她额头，开玩笑似地说道：

“你会跟我们一起庆祝吧，我们就可以尝到你做的美食佳肴了，比如葡萄叶、各种糕点、塔布勒沙拉、还有……”

她打断了我的话：

“我是不是还得为他一边敲着达布卡鼓，一边跳支舞？”

阿提亚大笑起来，玩笑般地对母亲说道：

“你来敲，我来跳。”

母亲怒气冲冲，用厌恶的眼神瞪着他：

“没错、没错，你还要脱掉上衣。快滚吧，我要发火了。”

为了平息母亲的怒火，我抓住阿提亚的手，拉着他朝门口走去，边走边对母亲说：

“我们的赛马比赛还没结束呢，我待会回来继续玩。”

我带着阿提亚上楼回到我的公寓，一进门就听见了鸟儿们的叫声，好像在祝贺他，我指着椅子对他说道：

“阿提亚，坐下。”

随后我走进房间，拿着一个用闪光纸包装起来的盒子回到他身边，他站了起来，脸上洋溢着笑意，我把盒子递给他：

“阿提亚，拿着，我就知道你会通过的，所以给你准备了这个礼物。”

他拿过盒子仔细端详道：

“这是什么？”

“一块手表。”

他那高大的身躯向我倾来，这具年轻的身体，张开双臂热情地环住我的双肩，然后吻了我的脸颊，紧接着他闪避开来、低声说道：

“小姐对不起……我太高兴了，一时昏了头……”

我转身背对着他，害怕他注意到我的颤抖，还有我那通红的、仿佛正在燃烧的脸庞。我拨弄着桌布、抚摸着上面的花瓶，以此转移注意力，随后用故作责备的语气说道：

“你下次别这样了。”

我感觉他拖着沉重的双脚和一颗伤感的心离我而去，随后他轻轻关上了大门。我蹲在沙发上，双臂环抱着他触碰过的双肩，还有他亲吻过的脸颊。我闭上双眼，感受着温柔的沉默四溢开来，就像是古老的小提琴奏出的乐曲，正拥抱着我的灵魂，又跳动在我的双颊上，让我的脸庞像绽开的花朵般不断变色、愈发灼热。我仿佛被闪电的五彩光芒包围，它带着我迈向清醒的梦境。于是我欢天喜地地进去了，希望在被点燃的时刻，低垂的脖颈能重新高昂起来，尽情享受欢愉，直至火焰熄灭那刻。于是我闭着眼，将它带入了那些清醒的梦境里。

黎明从窗帘缝中溜进来，阳光把我从疲惫的梦境中拯救出来，我感觉身体松弛，双臂迟钝，好像梦里发生的一切累瘫了我的双臂，我感到脖子和胸前被滚烫的汗水浸泡着，一股发酵的泥土味道充斥在我的周围。我拖着沉重的身躯，去浴室冲了个热水澡，出来时全身充满了肥皂的芳香。我朝安静的鸟笼方向走过去，在一片静谧中，它们猜不透我这么早醒来的秘密，唉……如果它们也跟我一起在梦里，在经历那场梦后，它们现在一定会跳跃着，不相信我还活着。

我害怕的，是否是死亡的真相？一片漆黑和可怕的沉默离开了我一动不动的身体，但各种交杂的声音还如影随形地回荡在耳畔。一双双手把我赤裸的身体托了起来，放在木板上，冷水开始渗入我的身体，然后他们又再次将我举起，把我放在柔软的布上。母亲哭嚎的声音响起，她的手把喷着樟脑的棉花塞进我的身体，随后把我放平，用细布条把我身体束紧，然后在我头上打了个结。这些手抬着我在哭号和高呼声中走了很长一段路，然后把我放在一个狭窄潮湿的坑里，开始朝我身上撒下泥土。在我的脸庞被掩埋起来之前，阿提亚的叫声像惊雷般震动了这个地方。他从坑里把我救了出来，用强有力的双臂托住我，带我飞了起来，然而我的手却相继坠落，离开了我的视线。突然间一阵强光射中我的双眼，我定睛一看，原来是从窗帘的缝隙中倾泻而下的阳光，于是我又死而复生了。

当光线溢满房间时，鸟儿们的鸣叫开始沸腾起来。我不知道过了多久，我是睡着了抑或仍处在恍惚之中，只呆呆地回想着这个可怕的梦。我的头发还在滴水，我的身体仍被浴袍紧紧裹着，一种强烈的欲望驱使我穿上衣服，出门朝大海走去。我渴望被抛进大海的怀抱，用咸咸的海水洗个澡，好驱走梦里残余的樟脑和泥土味道，就像肥皂并没有发挥作用一般。

当我带着一身海盐满心快乐回家时，我又恢复了热情，因为我仍然活着。我碰到了阿提亚，他脸上带着惊讶，眼中却透露出恐惧：

“你父亲病了，你母亲带他去了医院，她让你也跟她一起去那儿。”

这是多么致命的一击啊，我的球瞬间从快乐的球场射向了悲伤的球门。父亲怎么了？他突然遭遇了什么？是空气带着我的快乐溜到他那，让他无法忍受了吗？还是另外什么悄无声息地袭击了他的身体，让他病来如山倒？我一边用疯狂的速度开着车，一边回想起那些当时不曾仔细思索的画面，直到此时，我才开始发掘它们最细微的脉络：那晚我和母亲在电视上看着电影，突然间她冲进了浴室，离开了一小会儿，随后她一路小跑去了厨房，我跟在后面，看见她准备了一杯鼠尾草茶，我问她怎么回事，她用颤抖的声音说道："你父亲把晚餐全吐出来了。"

“我们要带他去看医生吗？”我问道，想通过母亲的回答了解她的紧张程度。她答道："情况好像并不是太严重，也许他只是受了风寒。"我抛下她，冲进了父亲的房间，他虚弱地躺在床上，满头是汗。"父亲……亲爱的父亲，您感觉怎么样？"他缓慢地把手伸向我的脸颊，轻轻拍着它说道："别担心，我只是有点头晕恶心，应该就是感冒罢了。"第二天母亲坚持让他去医院检查，他拒绝了。他早早地起了床，看上去精力充沛。他对母亲说道："你不觉得在你面前的我，就像一匹骏马吗？"这已经不是第一次了，在此之前父亲曾多次感觉头疼、眩晕、胸痛，这些病症在他身上相继出现又消失，接着他便又恢复了活力，继续在房地产办公室工作着，继续在那帮我管理着我的巨额遗产和相关事宜。

啊！我的父亲，也许是我让他如此劳累，肩负如此重担，多少次他力劝我加入，好分担办公室的事务：“这些是你的钱，你该了解和掌握相关的一切”，但是我却不以为意：“光是教书和批改作业对我来说已经够了。”几个月前，父亲跟哥哥发生了争论，他坚持让哥哥辞掉现在的工作，帮他分担一些。我问他：“父亲，您是厌烦帮我处理这些事了吗？”他说：“当然不是，但我的岁数可不能打包票！如果我发生点什么，你们当中没人知道任何关于工作的进展”，母亲紧张道：“灾祸都离你远远的！”，但是父亲还是坚持他的决定，于是哥哥转向我，开玩笑般地说道：“你准备给我多少薪酬？”父亲佯装吃惊道：“你还要跟你妹妹谈钱？”我和母亲顿时站到了哥哥一边：“您难道想让他辞掉现在的工作，来干一份无薪职业吗？”母亲补充道：“必须得给他薪水，这是他的权利。”哥哥之前的薪水不超过五百第纳尔，于是我让父亲给他两千。父亲并没有反对，而是说了经常念叨的那句话：“你的钱随你怎么花。”父亲并不排斥阿提亚，还带他去办公室，当母亲反对的时候，他便说：“好太太，阿提亚已经开始慢慢上手了，至少他让我不用再亲自去收房租了，那些租客总是让我心力交瘁。”

此时此刻，那些画面向我奔涌而来，就像我的开车速度一样风驰电掣，各种事情在我充满恐惧的脑子里搅成一团，熊熊燃烧的疑问扼住我的心脏：父亲是不是早就知道了自己的病情，所以想把工作分给哥哥和阿提亚？母亲知道父亲的情况吗？我不相信她会错过这样的事情，她是那种只要父亲一咳嗽或者擤擤鼻涕，她就会面色苍白地大喊着："病痛来找我吧，别缠上你"的人。她简直像把父亲安放在了眼睫毛的旁边，只要他稍有风吹草动，母亲便担心不已，母亲离父亲的身体和心脏，简直比父亲本人更为接近，她就像是父亲的血液一般，流淌在他每条血管里。她关注着父亲每条动脉最细微的搏动，嗅探着疾病的气息。母亲一定是故意在我生病和治疗期间瞒着我，担心坏消息会加重我病情。

我差点从一只猫身上碾过去，我撞了一辆货车，闯了两个红灯，我驾驭着汽车而恐惧驾驭着我，一个灼热的问题炙烤着我："这一天到底给我带来了什么样的凶兆？"

到底是短暂的悲伤误打误撞来到了我们家，还是准备常驻于此？父亲必须度过十天的观察期后，才能获得医生的许可出院回家。尽管我们对此都很高兴，但家里的情形仍仿佛蒙上了一层忧郁的阴霾，母亲时时都提心吊胆，从她那早已丧失迷人的叮铃声音，从她那沉重的动作，从那占据她双眼、仿佛带着她去了一个未知之处的茫然失措，我都能感受到她恐惧的战栗。她不管起身还是坐下，都在祈祷着真主保佑，求那富有爱心的帐篷将我们遮庇。她仿佛站在一个吉凶未卜的等待之处，时刻担心这个地方会带着她陷入永久孤独的地牢之中。

暑假来了，这让我松一口气，我终于可以留在母亲身边，帮忙分担一些她的悲伤和家务，她早已失去操持一切的兴趣，把所有时间都花在我父亲身上，倾听他、照顾他、温柔地伺候他，盯紧他所有的服药时间。但她同时也用她的小心翼翼把父亲封锁起来，父亲想要出门，让我带他去海边走走，母亲吓坏了，她啜泣道："不，他不能出去，我担心冷风把他吹倒了。"我恳求她道："母亲，别惹他不高兴，让他感觉到自己是个病人。"母亲却说："我担心他。"于是我向她保证道："我们都很担心他，也都赞同您的观点，所以让他别去上班了，但是小小的散步会让他感觉生活还没有停止。"

父亲去办公室的次数骤减，他很相信哥哥的能力，他会把工作信息传达给父亲，也会把各种需要签名或审阅的材料带给他，阿提亚也非常努力地做着一些委派给他的工作。

阿提亚也跟我们一样担心着父亲。有天晚上夜深了，他敲响了我的房门。他的到来让我很惊讶，我猜他或许意识到了什么跟我的梦有关的东西。

那段时间我没召唤他，他也会主动出现，仿佛在提醒我他的存在，或许是他体内的恶魔将他送了过来，让他把梦境变成现实。我提高了戒备，用慎重的语气抢先说道：

"阿提亚，怎么了？"

他没等我邀请他进去——就像我以前开门后会做的那样——就径直走了进来，坐在了第一个沙发上，他的脸上堆满了忧伤，一言不发，我催促道：

"阿提亚，你到底怎么了，这个点上门来？"

他结结巴巴，然后艰难地开口道：

"我不想继续上学了，也不想结婚。"

我大吃一惊，以为他在暗示我，让我记起对他的承诺：

“我们约好了等你拿到小学毕业证，并且完成学业后就给你娶亲啊。”

随后我意识到了现状，真正生气地抛出了我的问题：

“这是谈你学业和婚事的时候吗？你没看到我们和父亲的现状吗？”

他低下头，泪水盈眶：

“就是因为这个，我才来找你说的，我不想抛下伯父，想在工作上帮帮他。”

他叹了口气，我感动不已，妈妈怎么不来听听这话！她会明白我的看法没错，阿提亚的忠诚绝不会令人失望。感谢真主，我没有因为老头儿的罪过而迁怒于他。尽管我很高兴，却佯装生气地说道：

“你难道觉得我父亲已经变得这样无能了吗？”

他心烦意乱地呜咽起来，接着开始嚎啕大哭，我花了好久来安抚他、劝解他，然后他才离开了。

那个夜晚我忧心忡忡，我反复质问自己：难道阿提亚对父亲的责任感比我的责任感还要强些？为什么我不去承担一部分工作上的职责？为什么我对老头儿的遗产始终心怀厌恶，尽管我从中受益良多，这是以父亲付出的心血，甚至让他心力劳损、血管堵塞为代价的。

第二天，我们坐在桌边吃着午饭时，我对父亲宣布了我的决定：

"我会从学校辞职，去办公室和您一起工作。"

大家都喜形于色，尤其是母亲，她开玩笑似地跟父亲说道：

"你准备给她发多少工资？"

父亲仍旧用他一贯的言辞答道：

"钱都是她的，她才是发钱人，也是拿钱的人。"

虽然我担心父亲，也感受到母亲的悲伤，但我仍不能把阿提亚从我的思绪中驱逐出去，尤其是在他跟我越走越近之后。我刚开始在父亲的办公室上班时，就切身感受到了他的勤奋、忠诚，以及他在待人接物上的周到与客气，不管是接待业务上的朋友还是各种买卖上有往来的经纪人，他都一视同仁。甚至连哥哥费萨尔，在遇到棘手工作时也很依赖他，比如开具支票、汇票或跟着代理去看我们想要购置的房产。哥哥对阿提亚的信任和喜欢让我感到高兴，当他在母亲和父亲面前谈起阿提亚，并且父亲还赞同了他的话时，我那加倍的喜悦更是不言而喻，但母亲这时候却绷着脸，双唇因怨恨而扭曲，扔出几句不悦的话，父亲不得不劝解她道：

"你到底要怨恨他到什么时候？"

她的脸涨得通红，固执地抛出一句：

"直到世界末日。"

父亲脸上浮现一抹怒意：

"然后呢？到这个地步了吗？我还不知道原来你的心是黑的。"

我抛下在父亲面前的羞怯，插话道：

"母亲忘不了阿提亚之前对我的所作所为。"

父亲垂下他的视线，然后转向母亲那边，避免看到我的尴尬，他握住母亲的手，随后说道：

“阿提亚并没有强暴你的女儿，他只是个听从命令的奴隶！”

母亲没有搭话，他便继续温和地说道：

“而且这已经是过去的事了，早结束了，现在阿提亚是我们当中的一份子，是个不容小觑的男人。”

母亲盯着我的脸，像是在窥探我的内心深处，又像想从我这看出阿提亚的清白无辜，我点点头，笑着对她说道：

“母亲，拜托你……跟他缓和点儿吧，我们大家都喜欢他，也希望你能原谅他、喜欢他。”

她大口喘着气，好像马上要哭了：

“这可由不得我，我所看到的都是在我面前发生的事，我不可能喜欢他。”

“除了依靠真主，别无他法。”

父亲这样说道，似乎已经失去了劝说她的希望。

我感觉母亲正在火头上，便没有再说话，我可不想再火上浇油，让火焰蔓延开来，烧到遮蔽着阿提亚爱情的树枝。这份爱也怂恿着我对费萨尔袒露了心声，有次在办公室时，我对他说道：

“我们招一个大楼保安，然后让阿提亚休息，你觉得怎么样？”

他的眼中闪过一丝惊讶，声音里流露出些许不悦：

“他是向你抱怨了什么吗！还是我让他去趟银行这事？”

他的回答让我不太高兴，在我加入办公室的那几个月里，我从不干涉或反对什么，也没提出过任何异议，我同意费萨尔的任何决定，然而当我感到他会阻止我实现自己的愿望时，我的内心升起一股想要应战的念头，我得提醒他，钱是我的钱，我才是第一要务的决策者，不论他愿意与否，都该按我的主意办事。我声音里充满了斩钉截铁，我把我果断的命令抛给了他，不给他任何继续讨论这个话题的余地：

“阿提亚会在这儿专心工作，我会给他准备个办公室。”

哥哥终于发现，我已经意识到了自己的权威。如果我没行使自己的权力，也许就能增强他的权威，所以他希望我能一直弱小且天真，而我，必须得坚持我的地位，向他强调我不容许自己的权力被他边缘化或者超越，并且我，如果询问他的意见，并不意味着由他来做决定而强迫我去遵守。他的火气降了下来，声音也随之下降：

“这是你的事情。”

一股力量在我内心膨胀开来，填补了那里的整片空白，曾经因为我疏于管理财务，以及没有接手那些父亲病后不得不中止的事务，这片空白曾不断扩大。而我又乘胜追击，抛出了另一个决定杀得他措手不及，在此之前，我曾花了好几个星期来计划这个决定：

“我腾出了大楼一层的公寓，我们别把它租出去了，留给阿提亚住吧。”

他露出了勉强的笑容：

“你真是太慷慨了，不过阿提亚值得。”

他虽然屈服于我的命令，但毫不掩饰他的不快和厌恶之情，这些都从他的眼里流露出来，但我并不在乎，我所关心和在乎的，只是如何去安排阿提亚在办公室和家里的情况和地位。我想让他放松和安适，让他感觉到人类存在的本质，让他觉得自己不再是我们身边的长工，而是变成了这个家庭的一员。自从阿提亚在工作上、在家里、在我的睡梦和清醒的梦境中跟我越走越近，这件事始终萦绕在我心头。我不再满意他只干着一个保安的活，也不能忍受看他穿着长长的工作服满身尘土地打扫卫生，将各个公寓的垃圾袋搬运到集装箱。我也不能再忍受家人和房客们对他劈头盖脸地下达命令。正是因为他这样不知不觉地接近我的内心，最后占据了那荒凉的地方，才让我想要提升他的穿着、他的工作、他的住处和他的学识。我想让他谈吐得体、自由自在、极具男子气概，成为一个完美的他，这样才衬得上我的梦。

母亲接受不了我关于公寓的决定，她大发雷霆，抽搐起来，父亲却没有提出异议，而是按他一贯的逻辑行事：

“钱是你的，你自己看着办吧。”

母亲转向父亲，声音里充满了抗议：

“你居然赞成她这样乱来。”然后又转向我：“阿提亚得付房租。”

她的话激怒了我，我不知道在那刻我为什么丢掉了所有的教养和礼貌，大喊道：

“那您和父亲和哥哥付房租了吗？”

父亲垂下了头，就像我向他射了一箭，而母亲愈发生气了：

“你总算说出来了，你居然把家人跟奴隶摆在同等位置上。”

我冲向父亲，抱着他羞愧地说道：

“父亲，原谅我吧，我不是要侮辱你们。”父亲却仍帮着我，转向母亲道：

“你别忘了，纳伊夫已经释放了他，他现在做着一份体面的工作，他也应该有个体面的住所。”

母亲讽刺道：

“就算你们把他从头到脚都染成白色，就算他变成办公室的总经理，他还是个奴隶的儿子，还是个奴隶。”

父亲意识到我们之间激烈的争论会引起大问题，他轻轻拍了拍母亲的手，虚弱地说道：

“好了好了，我们都说了她是自由的，就算她给阿提亚建个宫殿也随她吧，你又干涉什么呢？”

母亲注意到父亲脸色苍白、声音虚弱，担心他又不舒服了，便压制住她的怒气，冷冷地瞟了我一眼，充满厌恶地说道：

“你想做什么就做什么吧。”

我很确定，不管我试图跟母亲说什么，最后总免不了把她引向对阿提亚的仇恨，但我尽力消除她的愤怒，我靠近她，亲吻她的额头，低声说道：

“母亲再见。”

我出门朝自己的公寓走去，我决定“想做什么就做什么”。

我亲自给阿提亚布置公寓，让它的色调跟我的公寓一样，我在房里堆满了各种花盆和鸟笼，在墙上挂起大海和森林的画幅，并让窗帘的颜色跟沙发保持一致。我还为他在角落布置了一个办公处，那里正对着广场。

我还布置了厨房，在厨房正中放一张小小的桌子，再配上两把椅子，这就足够了。当我摆设家具的时候，我潜意识里总觉得他不会一个人住，买床的时候我发现自己选了一张宽大的双人床，我给它铺上淡紫色的床单后，站在那看了好一会儿，我想象不出阿提亚会有怎样的梦境，但或许他也在梦里召唤我的到来。

我想给他准备一个体面的地方，这个地方的大小得让我觉得合适，它的色彩也得讨我欢心。

我就像是在为自己置办小家、添置床榻，而不是为了那个承诺要帮阿提亚娶到手的新娘。

在彻底布置完公寓之前，我没给阿提亚机会一睹真容，我想给他一个惊喜。我走进他的办公室时，他正埋头装订文件，并把它们叠置在文件夹里。我敲了敲桌子：

“现在放下手头儿的工作吧，我想让你跟我走。”

他翻转手腕，看了看手表：

“十点半……费萨尔会需要我的。”

他的责任心让我欣喜不已，我安慰他道：

“你不必担心，我已经批准了。”

于是我们出门了，当他在车里与我并肩而坐时，我感觉到了他的窘迫，他频频转头看向我，流露出一种无声的好奇。我没有理会他，而是专心开车、超过了一群笨拙的车辆，他按捺不住，当车子停在我们大楼前时，他问道：

“我们为什么要回家？”

“别问了，快来。”

我没有坐电梯，而是爬起了楼梯，他在后面跟随着我，我能感觉他的内心跳跃着好奇与疑虑。随后我打开了公寓的大门，坐在最近的沙发上，开始观察他，而他则充满惊奇地四处踱步。

他走近我，抛出了让我期待已久的问题：

“你是决定把你这套公寓让给我住吗？”

我情不自禁地笑出声来，招呼他道：

“坐下来吧，阿提亚。”

他坐了下来，仍然满脸讶异，于是我抛出了给他的惊喜：

“这是送给你的公寓。”

他惊慌地站了起来，浑身颤抖、嘴巴大张，双眼也瞪得大大的，里面闪烁着光芒。

我充满爱怜地看着他，担心他的心跳会戛然而止。

“阿提亚你看，会有一个新的保安来负责看守这栋楼房，他会住在你的宿舍，而你就……”

他打断了我的话，双臂朝我伸过来，像是在央求我：

“你是要开除我吗？是我哪里做得不好吗？”

我拉住他的一只手臂，强迫他坐在我旁边：

“阿提亚，冷静点，”我借用了父亲的话，“你现在做着一份体面的工作，就得有一个体面的住所。”

“但是……”

他左右转动着身体，手臂也指向四方：

“这对我来说太大了，我怎么能住在这里呢？”

突然间一股强烈的悲伤向我袭来，好像我给他的是一座灼烧他的炼狱，而不是供他享乐的天堂，我抓住他冰冷战栗的手，温柔地抚摸着，随后诚恳地低语道：

“你不要给自己太多压力，你有权放轻松。”

他仍沉浸在迷茫中，双眼饱含泪水，双唇间嘀咕着什么，像是失去孩子的母亲在呻吟。我缓缓站起来，朝门口走去，他从我身后跑过来抓紧了我的双手，然后弯下腰充满感激地亲吻着它们，他的声音跟泪水一起颤抖着：

“小姐……我不知道该怎么报答你的大恩大德。”

我从钥匙串上取下他公寓的钥匙，交给他，然后走了出去。

除了汽车，阿提亚什么都不缺了，于是我大着胆子向费萨尔抛出了这个问题：

“我想让阿提亚去学开车。”

我还没说完，阿提亚就抱着一堆文件走了进来，于是费萨尔抢先说道：

“娜迪亚想让你去学开车。”

带着一种出乎我意料的单纯，他问道：

“谁来教我呢？娜迪亚小姐吗？”

费萨尔大笑起来，嘲讽地答道：

“若真如此，你准备付她多少钱？”

对于这个问题，他当真了，于是迅速回答道：

“我会给她我所有的薪酬……不，我要把我的一辈子都献给她。”

费萨尔的脸抽搐起来，就像阿提亚扇了他一记耳光，他的面部缩成一团，继续抢白道：

“那你明天就去培训中心吧，你去确定个时间，最好不要跟工作时间冲突。”

阿提亚出去之后，费萨尔向我转过身来，声音里满是埋怨：

“就像妈妈说的那样，你太纵容他了，这让他越来越无法无天了。”

我努力表现得平静些：

“阿提亚是个单纯的人，他并不了解那些礼数的条条框框。”

“天呐……他说要把一辈子都献给你，这话什么意思？”

“这是他爱与忠诚的证明，别忘了是我雇了他，教他念书，还会帮他娶老婆和……”

他怒气冲冲地打断了我的话：

“够了，够了，你就剩也把一辈子都献给他了。”

我沉默了下来，费萨尔奇怪的眼神仿佛钻进了我的脑回路，我担心他会发现我暗藏其中的秘密，还有我跟阿提亚那赤裸裸的白日梦。于是我迅速打破了沉默，说道：

“等他学会了开车，你就能少走很多路了。”

温柔的夜晚用它的静谧引我入梦，在各式各样的梦中我总能见到阿提亚，这让我充满了快乐。自从父亲生病以来，我那充满乐趣的梦骤减，而骇人的噩梦却如影随形，让我开始恐惧入睡。我的喉咙干渴难耐，就像好几个星期没喝水了。我把水一饮而尽，却并没有得到滋润。我躺在床上却无比清醒，就像被困住的虫子一般。我回忆着那些梦境，试图寻找出一个解释，能解开它的象征之意。我毫无头绪，却也不恐惧或悲观，而是用母亲那句话安慰自己：“谁梦见了你的房子，就会成为你的邻居。”但是那沉甸甸的积淀却始终压在我的胸口，驱使我一大早就往母亲家赶去，我要向她倾倒出我所有的积郁，让她帮我减轻源于那种恐惧的苦痛，我对她说道：

“昨天在梦里，我看到自己一个人在废弃的花园散步，那里树木枯黄，植物干枯，突然我看到了阿伊莎，就跑过去想抱住她，但她却走远了，她在我眼前举起右手，我看见她手指上戴着订婚戒指，闪烁着惊人的光泽，我想抓住她，但她飞快地摘下戒指，把它抛得远远的，我的目光也随戒指飞了出去，看它掉进了一个坑里，随即飞过来一只黑乌鸦，它嘴里叼着大颗大颗的石子，把它们全扔在了戒指上。”母亲说道：“这可是好兆头啊，你马上又会有新的求婚者了，然后你就会慢慢忘掉以前的不如意。”

“那么母亲，这个梦又预示着什么呢？我看到我最喜欢的一只鸟儿蹲在笼子里不动了。”母亲说“你过几天就会发现，它们有的下蛋了。”而下一个梦，更让我胆战心惊：“我看到自己从床上起来，打开了窗户，突然冲过来一只黑色的大鸟，它从嘴里扔下一封叠好的信，然后便逃之夭夭，我还没打开这封信，就从梦中惊醒了。”母亲编造了一个令人捧腹的解释，她说：“这是阿提亚教授，看上去他好像给你捎来了他的博士证书。”

我向她坦言我很害怕，她努力安慰我，我也试着相信她，放松下来，但她那苍白的脸色和颤抖的双唇，泄露了她试图用假笑声掩饰的恐惧。至于哥哥费萨尔，当我告诉他我的梦，并表示我很担心后，他大笑着讽刺道：“我们难道要被一个个梦所主宰吗？这合理吗？这只是食物作祟，你大晚上就别吃东西了。”但是噩梦仍然接踵而至，梦里总有纳伊夫这个老头儿以及吉瓦德的脸，前者在鞭打着我，后者在威胁我……我感觉自己仿佛置身被侵蚀的悬崖边缘，马上就要掉下去了。

第九章

伊曼上楼来到我的公寓，我们约好一起去甜品店，想要在母亲生日时给她个惊喜，办个小型派对。她催促着我，而我正深陷在一片快乐的手忙脚乱之中。我找不到我的钱包，便把袋子里的东西拿出来，一样样搜寻着。找到钱包后，我又开始气喘吁吁地寻找我的墨镜，她跟我一起翻箱倒柜、四处搜寻，很快便烦躁起来：“你戴其他墨镜不行吗？放过我吧！”但我坚持要找到那个带红色边框的墨镜，因为它才衬得上我的衬衫。我终于找到了它，伊曼一边拉着我的胳膊朝大门走去，一边发着牢骚：“快点走，免得你又要找其他东西。”我一边用钥匙锁着公寓大门一边对她说道：“我想要两个蛋糕，一个是母亲喜欢的巧克力味，一个是父亲喜欢的香草味。”钥匙还在我手上徘徊的功夫，她赶紧一把抢了过去，锁上门，然后说道：“我们到商店后你随意挑吧，唉。”

我们刚下了几梯，就听见了母亲那震耳欲聋的尖叫声，随后是侄子们的脚步声匆匆朝我们这边赶来，见到我们时，他们面色苍白、惊慌失措地哭道：“爷爷……爷爷……”像一股洪流朝我们席卷而来，我们的心也被随之而来的岩石狠狠击中。父亲躺在客厅地上一动不动，母亲揪着自己的头发，扯了一绺下来，她伸长脖子，撕心裂肺地喊道：“沙哈拉克啊我是宰纳卜，你怎么会遭遇这样天大的不幸，你就这样走了是要夺走我的命啊！”

楼里的住户纷纷跑了下来，阿提亚一边高声打着电话通知救护车和哥哥，一边号哭着：“啊……叔叔……啊我的叔叔……”而我，在父亲静止不动的躯体旁大哭着，我的悲伤像一块山石，死死压住了我的灵魂。

医生赶来时，任何急救措施都无济于事了。他把听诊器放在父亲胸口，遗憾地宣布了他的死亡。

欢乐的日子闭上了它的双眼，黑暗降临了。父亲的辞世，使得这个家像一具失去了脉搏和颤动的躯体，它把母亲推入了悲伤的深渊和泪水的洪流，也留下我独自摸索那模糊不清的明天。

白天来了又走，阳光统统消失在低垂的窗帘后，母亲浸泡在沉默中，仿佛突然间衰老了下来。我感到那残忍的痛苦正碾压着她的内心，她就像是枯萎的花朵，凋落在地上，风不曾让它移动，而生活也没有给它浇下哪怕一滴露水。她那满面的笑容消失了，双颊上葡萄般的光彩也不翼而飞。她开始厌恶色彩鲜艳的衣服，反而习惯了肃穆的黑色。她任由自己花白的头发披散着，而曾经的她却十分重视，每次发现发根变白，她就会染成黑色，以免被父亲看到。她还远离了她热爱的厨房，和那些她曾变着花样精心制作的筵席。而我，沉溺在咖啡和她深恶痛绝、严令禁止的香烟之中。她每夜都很难入睡，糟糕的睡眠令她形容枯槁。她最多也不过是小睡片刻，这时我会听见她的鼾声，就像是陷入了深睡之中，我很高兴她能有机会从清醒时、思考时、哭泣时的种种折磨中解脱出来。但她很快便惊恐地大叫起来："我在梦里看到他了。你父亲在呼唤我，好像叫我去陪他。"

母亲一直思考着死亡也盼望着死亡，死亡成了她唯一的梦想，能让她和父亲团聚，继续她另一段和他共度的生活。

昼夜不停地轮换，母亲继续着她的悲伤。我和她一起沉默、一起忍耐着。我们一起抽烟、喝下更多的咖啡，母亲坚持要用她的旧咖啡壶煮咖啡，有时候她会继续说些胡话，这时我会保持沉默，不去勉强她。

我明白其中之意，然而有天晚上我们上床之后，母亲突然开口了，像在跟自己说话一样："他要一杯茶，我去给他做了，我拿着壶，听见他喊了我两声，宰纳卜……宰纳卜，我回应他道，听见了，我马上来，但他大叫一声，我吓了一跳，手上的壶晃了晃，茶水洒了出去，我跑到他跟前，发现他站在那，一只手放在胸上，一只手伸出来，好像在寻求帮助，可我还没到他身边，他就倒在了地上，跟你们之前看到的一样。"她放声大哭起来，重复着："都怪我，如果我再快一点，你就不会死了。"我用双臂环抱住母亲，帮她擦拭着眼泪，恳求道：

"妈妈，别自责了，这是真主的安排。"

我给了她一粒镇定药，抚摸着她的头发，直到她开始昏昏欲睡。我心乱如麻，想着她刚才说的话，我问自己："母亲真的晚了一步吗，还是他的阳寿走到了尽头？"

一个半月过去了，各种登门拜访的慰问者与吊唁者仍络绎不绝。她们到来时，母亲暂时从沉默中走了出来，但她并不怎么参与她所听到的那些话题，而是自顾自讲着她的生活，她和父亲度过的温馨岁月，还有一些他们每年夏天去阿勒颇度假时的美好回忆。然后她会突然哽咽，泪流满面，好像他刚刚才死去一样。

我的每一天，都被分成在母亲公寓的悲伤和对自己公寓的思念两部分。每天我只有几个小时能呆在自己的公寓，还仅仅是为了上楼去看看我的鸟儿，我会打开窗户，给室内通风换气。每天晚上，我都无比思念自己的小床，这让我心痒难耐，我也怀念那些有阿提亚出现的清醒的梦境，现在我只有少数时间能看见他了。那一晚，我像疯了一般渴望回到自己的房间，去拥抱夜晚的私密，去探寻一种近来被悲伤包裹的灵魂上的纯粹，去享受那被戒掉的身体上的愉悦。

我等待着，直到母亲被睡意附身，伴随平稳的鼾声沉入了梦中。于是我悄悄打开门溜了出去，蹑手蹑脚地爬上楼，心里满是思念，就像跟情人有一个约会。

当我走进自己的公寓时，各种熟悉的味道扑面而来，仿佛温暖土地混杂着被盐水浸泡的石子的味道，还有太阳的气息，我已经不记得错过了多少次它的落下和它的离开了。大海退潮了，露出海里的礁石和腐烂的螃蟹残骸。而所有这些交杂的味道，都掩盖不了我梦中那混合着阿提亚体香的气味。它像空气一般无处不在，它抚摸着我，把我朝床上推去，好像在那就可以找到他。我陷进床榻，才发现它是多么窄小，不由得把它和阿提亚那张宽阔的大床比较起来。这时候我突然想起了母亲的话："你的床等结婚后根本睡不下。"我现在后悔了，感觉把自己和阿提亚的身体困在了一个不适合做激烈运动的地方。我多希望在他的床上翻滚，身上不着寸缕，只裹着他那紫色的床单。但我现在一个人在这儿，咀嚼着饥渴的欲望，舔舐着发酵的忍耐。沉默伸展着饥饿的爪牙，墙上时钟的指针也传来声响，"滴答、滴答、滴答"的声音愈发响亮起来。它就像是一把拔头发的镊子，狠狠地扯着我的神经。我站起来朝它走去，把它取下来扔进了柜底，然后回到床上。我闭上眼睛，夜晚载着我驶离痛苦和悲伤，向梦之丘陵迈去。阿提亚在梦中那宁静的光晕里游泳，当他朝我迎面而来时，我充满热情与思念地把全身心都向他展开。我那慵懒的心跳开始复苏，像被炽烈的火炭敲击的铃鼓一般，我静寂身体上那一片密林变得柔软起来。香水瓶里的精灵早已准备好变成自己双手的主宰。阿提亚正朝我走来，他宽阔的胸膛在我面前，像天堂般吸引着我奔它而去。这就是我在梦里看到的那个胸膛，当梦里老头儿糟蹋我，并叫他来鞭打我时，我便死死盯住这个胸膛，上面盖着一簇像干草般稀稀疏疏的胸毛，两块饱满的胸部挺立。我冲向他，紧紧贴住我这扬帆起航的天堂，他的双臂像温柔的船桨将我环绕，他把我压在他的胸前，我听见他心脏的咚咚声，像是风暴中波涛的呼啸。我像一只小鸟飞出了窝巢，悬挂在他湿润的枝桠上，我神魂颠倒地呻吟着，开心地哭了起来，他的双唇轻舔着我的泪水，我的喘息在他的节奏中，就像是沉重的汽笛声。他加大力度，直到将我推倒在床上，我们双双倒了下去，就像飞流直下的两条瀑布，在被移走了堵塞河口的巨石后终于得以爆发。我把自己全部交给了他，陷入美妙的松软之中，我的长发披散在他的手臂上，他的唇紧贴着我的唇，我的身体被他的身体温暖，我颤抖地穿过愉悦的长廊，然后又从中溜出来，像被榨干的薄荷叶，汁水四溅。

哪一点让我爱上了阿提亚？是我内心的冲动吗？这颗心曾饱受折磨，在经历了对吉瓦德的失望后，它才逐渐好转起来。亦或这就是我们的命运？真主为我们如此安排，于是我们不由自主地走向了它。还是说，这是我的身体在忍耐和禁闭后的大爆发？现在的我充满了自我意识，而且完全成熟了，但我是个寡妇，在我们这个社会已经变成了“二手货”，只能嫁给鳏夫、离婚的男人或者虽然有老婆、但还想再娶一个回家寻欢作乐的男人。他们中的每一种，都携带着沉重的过去，以及内心对继母充满厌恶的孩子们。因此，我并不想跟他们结婚，或者考虑他们所谓的“婚姻巢”，他们总觉得它是幸福的巢穴，但它却是那么易碎，仿佛建在魔鬼的手掌上。

母亲终于结束了她的守制期，从悲伤的废墟中站了起来，她开始走出家门，拜访那些一度中断的朋友，也开始带一些媒婆回来，她兴致勃勃地拉着我道：

“你得嫁人啊……我想为你高兴高兴。”

我总是拒绝，有时委婉，有时怒气冲冲，很多次我的断然拒绝点燃了她的怒火，费萨尔也站在她那一边。伊曼则出于对她的同情，来恳求我道：

“你至少也同意见一见那些求亲的人，了解了解他们吧。”

“伊曼，我根本就不同意用这种方式嫁出去。”

“那你想用哪种方式？”

“爱情……我想要去爱，然后嫁给那个我爱的人。”

伊曼用一种怜惜的眼光盯着我的脸，像是在想要不要问我：“你正活在爱情中吗？”我在那个关头，差点就要不知不觉脱下防护盔甲，向她承认：“是的，我爱阿提亚”，但我很快醒觉过来，意识到如果我现在承认，无异于把风传播到了她的嘴里，而她，出于害怕，一定会马上把它泄露给母亲和费萨尔，然后我就会一个人站在风口浪尖，他们强硬的内心可不会怜悯我，也不会饶恕阿提亚，虽然是我自愿踏进他的海洋。在海边我被沙粒的灼热蛰咬，被石头的锋利伤害，但我陷在一片冲动的盲目之中，仿佛有什么像钉子一样刺穿了我的大脑皮层，让我陷入了混乱与迷惑。我意识到这是一种与爱情有关的本能和天性，就叫它“爱情病”吧。它像饥饿的虫子一样潜入，从恋人的神经中觅食。虫子的蠕动让我想起了我和吉瓦德的过去，他的模样浮现在眼前，就像在警告我新的不幸将要发生。尽管这虫子仍在继续爬行，但我要坚持我的情感，即便是淹死我也要死死抓住这根稻草。我放任心脏胡乱跳跃着，尽管我确信它会遭遇羁绊和失望。或许又会浪费几年时间，就像我和吉瓦德在一起的时间那样，直到我能够忘记他。

我不满足只在工作上见到阿提亚，也不满足借各种编造的理由叫他来我公寓，更不满足在床上辗转反侧的清醒梦境中见到他。

我的床本是寂静凄清，却会瞬间被那梦境点燃。我开始大着胆子约他去很远的小餐厅共进午餐或晚餐，或是一起散散步，大多数时候是在海边，那会触发我柔软的情绪。我们会铺一块小地毯，有时候坐在那，让蓝色的水面像镜子般把我们环绕，有时会赤脚走在无聊的沙滩上。有一天阿提亚心神恍惚，这勾起了我的好奇心，于是我问道：

“你喜欢大海吗，阿提亚？”

他并没有向我转过头来，而是答道：

“很喜欢……尤其是因为你也喜欢它。”

我很满意这个答案，它像香水喷洒在我的心间，也向我证明了他心中的这份情感，并不亚于我对他爱的分量。我继续问道：

“你会游泳吗？”

他转向我，脸上挂着一个自嘲般的悲伤笑容：

“纳伊夫先生从不给我机会学习任何东西。”

我指着大海对他说道：

“很简单的，你现在就可以学。”

他笑了：

“我害怕。”

我很惊讶：

“真的吗？你居然在害怕？为什么？”

“当我看到大海的时候，想起了我的那些梦，我经常梦到我溺水了，但是没人伸手来救我。”

“连我也没伸手吗？”

“是的。”

他难过地说着，随即又用一种埋怨的口吻补充道：

“如果是你溺水了，我会做一切可能的事情来救你，也许那时候我就会游泳了。”

疏忽与愧疚的感觉蛰咬着我：“可怜的阿提亚，在我的梦里，你为了我四处进攻，把我从坟墓里救了出来，带我一起飞，而在你的梦里我却抛弃了你。别在意那些梦，阿提亚，在现实中我是不会抛弃你的，即便我的周围被这个城市用带刺的铁丝网、警犬和大火包围起来，我也会为你而战……我会为我自己的心而战。”

我一直大胆地接近着阿提亚，即便是铁帘我也让它垂下了它的引绳，我让空气带我飞翔，朝着我梦中伴侣的方向。

一天夜里，我无法再次进入那清醒的梦境，对阿提亚的思念却又牢牢压在我心头，于是我溜到他的公寓，敲开了门。他看见我时，脸上的喜悦荡漾开来，双眼却流露出疑惑，仿佛在询问我到来的原因。我根本没想过编造什么合适的借口，就像个被魔法迷晕的人，只想顺应魔术师的召唤，等着他来提问。在这种情况下，我的回答毫不重要，就像闪电般转瞬即逝。

我恶作剧般地做出了回答，他仿佛对我的狡猾和顽劣心领神会：

“我来看看你是否注意公寓的整洁。”

他为我腾出地方让我进去，然后请我坐下，他匆匆去厨房拿了杯果汁回来，我站起来一边四处溜达着，一边表现出对这整洁和次序井然的惊叹。当我靠近他的卧室时，心脏开始急速跳动起来，我刚想后退，他却领先一步打开了卧室的门，我一踏进去，那股熟悉的味道就扑面而来。我和他一起在梦境中翱翔，总能闻到这股气味，所以到底是他偷了我的梦，还是我把梦境的秘密泄露给了他？我站在那，盯着那张宽大的床，我多想在上面翻滚，让我的梦想变成现实。若不是他清清嗓子把我唤醒，我沉浸在自己的幻想中就快要忘记了他的存在，于是我转过身，逃到客厅，只留下我的梦还在床上翻滚。

我们坐在沙发上，一阵无形又无声的尴尬袭来，随后我用一个突兀的问题打破了沉默：

“阿提亚，你不会感到孤单吗？”

他接连点点头，然后答道：

“我感觉到了……但我又能做些什么呢？”

“好吧……我会给你找个新娘，我之前答应过你的。”

他猛然起身：

“不……我不想结婚。”

我的心快乐地蹦了起来，瞬间被好奇点燃，我想知道他的回答是否能满足我的期待：

“为什么，你不是对这个很有兴趣吗？”

他把头转过去，掩饰他的眼神：

“因为我想找一个像你这样的，但我觉得我找不到。”

我没有说话，他又转向我，用奇怪的眼神盯着我，仿佛要把我整个脸吞下去，我想捕捉那眼神背后模糊的秘密，到底它代表着爱情，亦或仅仅是在沾沾自喜？毕竟有一个美丽的女人肯下榻、肯勾引他，和他坐在一起，共度一段亲密的时光。但他没有给我这个机会，他迅速站了起来，向我抛出了问题并希望得到我肯定的答复：

“要我来做一个简单的晚餐吗？”

我知道他想要逃避，便帮他脱下窄小的外套，我站起来陪他到厨房，开始看他做饭，他做了几道菜，还用芹菜叶和雕成玫瑰花形状的西红柿装饰菜肴，这引起了我的注意：

“你从哪儿学的这些东西？”

我的欣赏令他得意不已，他炫耀道：

“从电视上，我喜欢看烹饪节目。”

我们坐了下来，那是我为他挑选的双人桌，上面堆满了美食，还有两杯薄荷茶。这张桌子也是我的梦想之一，我曾盼望能和他坐在一张桌上，像这样共进可口的一餐。这也是梦吗，所以才不想让其他女人占据？我大快朵颐、食量惊人，每当快要吃完时，他就开始给我添菜，我不得不阻止他道：

“好了……你简直跟我母亲一样，像在填鸭一样塞菜给我。”

我们回到客厅，坐在刚才的沙发上，他一直没有说话，我便随他去了。过了一会儿，我感觉他似乎有心事，便打破了这沉默：

“阿提亚，你在想什么？”

他脱口而出，像是有什么话石子般堵在他嗓子眼，于是他把它吐了出来：

“在想你……”

我被他的大胆吓了一跳，却又为之雀跃，我抓紧自己那振翅欲飞的心脏，唯恐它那快乐的沙沙声把我出卖。我的舌头像被套上了笼头，我偷偷瞟向他，发现他咬着下唇，像是饱受懊悔的煎熬。他看起来很紧张，沉浸在唯恐打破了禁忌之墙，并暴露墙后之物的担心中。我对他充满了怜爱，便把手伸过去握住了他的右手，他的汗水蔓延到我冰冷的手上。我听到了他急促的心跳，还有那匆忙的呼吸声，好像他正投身一项长跑比赛。我像被施了魔法一般，掩饰不住的好奇心促使我去洞穿他的真相。于是我垂下双眼，低声问道：

“你说你在想我，是哪种想呀？”

“小……小姐……，我……我……”

我抬起视线正对着他的脸庞，我盯着他，这是一张自从我认识以来就熟悉它的颜色、它的相貌的脸，但现在，有什么新的东西混入了其中，仿佛水晶般的云朵让微弱的光线变得突出起来，那正是闪耀在他黝黑脸庞上爱情的光芒。我的视线紧贴着他，我的手依然握着他那抖得越来越厉害的手，我听见自己用饱含爱意的声音催促他道：

“说呀阿提亚，别怕。”

他抬起左臂，搭在沙发后背上，我感觉他的指尖碰到了我的头发，他是那么小心翼翼，仿佛这样才显得他并非故意为之。他抽出被我握住的手，按住我的手臂，他的下巴温柔地落在我的头上，我全身都热了起来，无法再忍受他继续隐瞒他的感情和欲望。至于我的欲望……也在熊熊燃烧着，它像刚烤好的面包一样热气腾腾，让我充满了陶醉和兴奋，唤醒了我梦里的那些记忆。

我冲动地将头埋进他怀里，他胸口起伏不定，像是有几千只蜜蜂在那飞舞。我低声朝他下达了命令：

“阿提亚，抱抱我。”

他仿佛正在等待这个时刻，就像被老师惩罚、被关在教室很久很久的学生，只要铃声一响，马上动身去寻找他的自由和温暖。他冒失却用力地把我朝他拉过去，开始亲吻我的头发和我握住他的那只手。一团火焰在我身体里翻涌，我就像置身于一个和他在一起的梦境中。我忘了他是谁、我是谁，我早已把所有的差别抛诸脑后。

我把双唇印在他的脖颈上，吸吮着他的汗液，我赋予他权利卸下他的恐惧和犹豫，他把我的脸颊朝他抬起，他脸庞的炙热足以融化冰雪，也同时炙烤着我，我们之间的距离缩短、再缩短……直到我们的唇间不再有任何缝隙，只剩一片湿润。

我是疯了吗？

是不是现实中的我，也和我那清醒梦境中一样发起疯来，打破了所有障碍，让平时懂得界限与分寸的阿提亚也跟着疯了，居然亲自朝我走过来？他就这样乘风破浪，一步一步走向我这禁闭之岛……而我，则一直在煽风点火、还给他扔去救生衣。

我在沙发上缩成一团，一场风暴将我包围，用沙砾、用火焰、用冰雪、用荆棘，用我全身上下每一个细胞所迸发出的尖叫。紧接着一片沉默袭来，我们四周只剩阿提亚的喘息，像是被囚禁的风发出的咆哮。我咽下了自己的喘息，我观察着他那颤抖的脸，看他用力咬紧了双唇，就像在惩罚它俩所犯下的罪行。同时他的眼泪顺着脸颊流下来，我明白他正遭受着什么样的折磨。压抑和恐惧正用带火的铁棍鞭笞着他的灵魂。我是他的女主人，是他福泽与恩典的赏赐者，是七重天上那颗遥远的星星，然而我却滑落到他身边，打破了他黑暗中的宁静，给他带来从未发生过、甚至从未梦见的一切。这样的念头在他内心嘶吼着，动摇着他的安全感，而它的声音如此之大，连我也受到了它的谴责。他在自己眼中仍然是个奴隶，自从他知道他的父母都是纳伊夫的奴隶，内心的感受就因奴隶身份而扭曲，这样的扭曲对他而言很难再变直，就像是钢铁制成的一样难以撼动。

我向他透露了自己的感情后，也感受到了我带给他的沉甸甸的委屈和痛苦。我用那样的方式怂恿他表达自己的感情，而他也许还在担心，当我从那激情的战栗和迷离中清醒过来，会惩罚他。我应该安抚他的恐惧，把他被夺走的力量和被偷走的安全感还给他。

我低声呼唤着他的名字：

“阿提亚……”

他没有回答，而是把头埋在双臂间，好让自己痛快地哭着，他的啜泣打破了这个地方的死寂。而我头脑迷糊不清，想不出什么办法让他摆脱目前的困境。但是我的心，在终于确定了他的感情后，却催促着自己不要把他扔在痛苦的风口浪尖。我得跟他说清楚，我并不记恨他，也没有生气，我明白他的感受，而他也有权表达自己的情感。我靠近他，他身体的起伏让我心神恍惚，我只能抓住他的手臂，让自己的声音充满力量：

“平静下来，阿提亚，听我说。”

他把头从双臂间抬起来，试图用颤抖的声音组织一些说辞：

“小……小姐……我……不是……”

我愤怒地大喊起来：

“我现在不是你的小姐……你明白吗？我们之间再没有什么障碍了。”

他把脸埋在我的胸前啜泣着，欢喜中夹杂着苦涩，我的手指也埋在他那仿佛丛林般的卷发中，闻着那全新的梦的味道。

第十章

爱情像乙烯一般，扩散到坚硬墙壁的每一个小孔中。我不用在伊曼的舌头上洒下一些它的味道，就能让它传到哥哥和母亲的鼻尖。他们的反应，刚开始时像用注射轻型胰岛素的小针头轻轻扎着我，随后便是各种不直接透露意思，却隐藏在各种尖刻信号里的暗示。他们正提防着我做坏事吗？还是他们想等抓住一些具体的证据再来跟我对质？

那一刻在巧合中到来了。

有一次电梯停工了，当天夜里我正要溜到阿提亚的公寓，因为我习惯了在那儿享受傍晚的气息，却被正在上楼的哥哥抓个正着。我们俩都像被钉在了原地，他看起来像头凶残的雄狮，而我像困在陷阱中的老鼠。

我挪动脚步，尽力克制好让脚步显得自信一些。但他拦住了我，他抓住我的手臂，越箍越紧，他的指甲像犬牙般陷进我的肉里。他拖着我大步流星冲向我的公寓，同时向我抛出一连串问题，他的语气泄露了他的震惊，虽然他因爬楼还在气喘吁吁：

“你在这个时间去他那做什么？”

我的机敏救了我一命：

“我要给他一份生意上的文件，让他明天做好。”

“在这深更半夜？你的文件不能等到明天吗？”

“明天我不去办公室。”

我没办法从他的状态和熊熊怒气中脱身，我刚打开公寓的门，他就一把将我扔到了第一个沙发上，大喊道：

“现在我要知道事情的真相。”

“什么真相？”

他那早有准备的大手用力捏住我的双颊：

“你和阿提亚之间到底有什么猫儿腻？”

我把脸颊从他的手中挣脱出来：

“什么也没有。”

他像狼一样嚎叫起来：

“你这个骗子，你以为我和母亲是白痴吗？你越来越过分，我们早就忍不了了。”

我感觉体内胀得快要超过我的忍耐极限，就像一个厚厚的气球，抗爆性明明很差，还被绳结死死系住了脖颈。于是我决定“剖开疥疮”，把里面所有的闷气都发泄出来：

“我和阿提亚彼此相爱，我们要结婚了。”

他像被一个惊雷击中，又像锋利的剑劈在了他身上，刺穿了他的脑袋，里面的火星飞溅而出，熔岩也四处飞溅，他像头饥饿的野兽朝我发起进攻，却一时不知道挑哪下口来吞食他的猎物。他用拳头捶打着我，我的脸、我的胸部、我那颤抖的四肢，都未能幸免，那些耳光的痛感足以平息我内心想要挑战他的冲动。尽管他以绝对优势把控住了场面，我还是绝不示弱，决心捍卫自己的立场：

“你没有权力打我，也无权封锁我的心。”

他像疯子一样大喊起来：

“让你的心痛去吧，你就不能找个阿提亚以外的男人吗？”

我反抗着，用更大的声音喊道：

“我是自由的。”

他扯住我的头发，把我那反叛的脸提了上来，他把唾沫集在嗓眼儿，然后像颗子弹般朝我吐来，他的眼睛厌恶地落在那像腐烂的虫一般的液体上，然后转身离去，出门前还扔下一句：

“贱人。”

熊熊大火的味道四溢开来，浓烟在我周围勾勒出黑色的轮廓。我像被困在一个圆圈之中，它那狭小的边缘将我环绕，圈边的凸起就像带齿的玻璃般锋利。我感觉自己再呆在里面就要窒息了，但如果试图逃出去也会受伤。我脑海中的种种问题，就像这大火的始作俑者，在我脑中各处钻着孔，尘土和石子四处飞溅，使得浓烟更加恐怖起来。我像个盲人般虽然站在地上，却不知该往哪走，也不知道真正的深渊到底在何方，也不知道哪里才是我可以避难的安全地带，甚至连最后一根蜡烛都被拔掉了，再没什么可以照亮我脚下的路。

我躺在床上，又像漂浮在火焰里，全身赤裸，只余下大火的灰烬和炙烤的味道。我在寻找新的树枝，让我能爬上去，躲在枝叶间寻求庇护，希望那沙沙声能帮我抖去全身的灰烬、医治我的创伤。然而此刻，我的疲惫让我无法召唤阿提亚的脸庞，借以治疗，治愈我的呻吟，和我沸腾的头脑。

地震能用它剧烈的晃动推翻我已登上的爱的广厦吗？内心的每个念头都在用犄角顶着我，在疑问的风口浪尖摇晃着我：我能与这风暴正面抗衡吗？我有能力在传统和出身的棍棒下，搞定这一切沉重的现实问题吗，比如差距、比如阶层？这些问题在我清醒的梦境中被逐个击破，相继解决，梦里阿提亚变成了我的主人、我的爱人，我趴在他胸口，像一只渴望温暖、安稳和快乐的兔子，我忘记了他黝黑的身体，在他强暴我的那晚，我曾无比憎恨它，现在我和它变得亲密起来，我爱它，渴望得到它，仿佛是爱情把灵魂从奴性中解放出来，把身体从肤色中解放出来。爱情为我们所爱的人，创造了其他颜色，让我们借以认出彼此。可目前的现实状况是什么？我能够改变他的肤色、打断那些棍棒，像只自由的蝴蝶从中飞出来吗？那些模糊不清的未知数埋伏在我周围，张开大嘴想一口吞下我。我吃了一颗安眠药，试图逃离对明天的猜测，那里有另一场来自母亲的逃不掉会的风暴。

尽管是畏畏缩缩的门铃声，我仍预感这是母亲气势汹汹地赶来要投身这场和我的战役。但我却大吃一惊，阿提亚的脸出现在面前，告诉我他失眠了，很担心我。

我关上门，拥抱了他，此时此刻我无比需要他，随即便在他怀里哭了起来。

我不知道在他身上趴了多久，带着痛苦和受伤的呻吟，他用手抚摸着我的头发，另一只手在我背上温柔地轻拍着，我几乎感觉不到它的力度。我贴他贴得更紧了，感觉他的身体软弱无力，像一个被石头砸伤的人，他那刚毅的男子气也疲软了下来。我不知道他为何陷入了这突然的疲惫，直到他说道：

“你走之后，你哥哥突然来找我了。”

我身体一震，阿提亚感觉到了我的崩溃，他用双臂把我托起，将我扶到了沙发上。他坐在我面前，我那肿胀的双眼在他脸上反复探寻，我的好奇心按捺不住，心里充满焦急：

“他对你做了什么？”

“他让我搬出公寓，而且再也别去办公室了。”

“你同意了吗？投降了吗？”

他视线垂地：

“对不起，娜迪亚，我不得不跟他说，只有小姐一个人能对我发号施令。”

“太棒了，阿提亚，我猜他一定失望地走了。”

“不……他大吼大叫，说‘贱人你在挑衅我’，然后举起了手，重重打在我脸上，火辣辣的，这才骂骂咧咧地走了，还说什么‘让我们走着瞧，我、你还有你的小姐’。”

我对哥哥产生了强烈的恨意，我注视着阿提亚那愁云惨淡的脸，我该做些什么来保护他免遭他们的不公对待？我要让他忘了我吗？我一边哭着，一边痛苦地请求他："阿提亚，在你被他们的火吞掉之前，先把我从你心里熄灭吧，远离我的家人，不要被柔软又温暖的沙子吸引，它下面还埋着会炸的地雷，你一旦陷入其中它就会暴露出来，整个城市会爆发一场新的海啸，把你我都卷走，让我们的血都流干。"

但我的恳求很快便失效了，我陷入一种强硬的坚持中，发誓坚决不让阿提亚受到一分一毫的伤害。我会捍卫他也捍卫我的爱情，直到最后一口气。

阿提亚唤醒了正胡思乱想的我：

"我昨天一夜没睡，我猜他找你了，来追查我们的事。"

我没有遮遮掩掩，对他坦白道：

"他打我了，还朝我脸上吐口水，因为我向他承认我们相爱了并且还要……结婚了。"

阿提亚大吃一惊，瞪大了双眼，眼珠子像是要从眼眶里掉出来似的，我们之前从未提过这个话题，我原以为他会开心，会感动得蹦过来亲吻我，但他仍僵直地杵在那，一脸惊愕，沉浸在突如其来的迷茫中，我唤醒了他：

"你怎么了，阿提亚？"

他站在那，我感觉他的身形在不断扩大，他生气地抗议道：

"你不能因为我去伤害你的家人。"

他不给我说服他的机会，便朝门冲了过去，像从大火中逃生般逃离了现场。

午餐前我面临着一场来自母亲的更为可怕的风暴，我等着她来敲我房门，但她没有来，于是我下楼去到她的公寓，我没像往常那样敲门，尽管那种敲门方式她很喜欢。她打开门，我还没来得及问候，她便转身而去，坐了下来，脸上阴云密布，然后甩出了炮弹：

“欢迎啊，安塔尔的情人。”

我没有搭茬，让她自己发着火，于是她又开始寻找新的切入口，好激起我的愤怒：

“他难道不是为了你的钱吗？你难道没什么错吗？”

我按捺住怒火，决定心平气和地面对她：

“爱情是没有错的。”

她大喊起来：

“你的爱情是麻风病吧，明明是个出身高贵的姑娘家，非得跟个奴隶扯在一起，他不就是贪图你的钱吗？”

我无法忍受她的控诉，因为它唤醒了我那不堪回首的过去的记忆，并像凝固的、杂糅着砂砾的黄油般梗在我喉头：

“阿提亚可不是贪婪的人，你才是，妈妈你忘了吗？是你强迫我嫁给纳伊夫，你忘了怎么跟我说他的吗？‘他死得早，你能继承他的财产’，你忘了我把珠宝首饰堆在你面前的那天了吗？你趴在地上，两眼发光地盯着那些玩意儿不转眼。你忘了这个公寓是怎么来的吗？还有你坚持要我给父亲和哥哥买的梅德赛斯豪华轿车？还有我送你的那一大堆礼物？以及你从我这要了拿去送给别人的其他种种？至少阿提亚，他并没有让我送他点什么。”

我注意到她的脸色，昔日的得体与礼仪早已荡然无存，母亲垂下了屈辱的翅膀，好像她是个我不认识的陌生人，远离了我的心和我的头脑。

我说完后，以为她会接过话头继续我们的争吵，并冲过来拧断我的脖子甚至在上面踩几脚，但她呆在原地，像被人泼了盆热水，她不可置信地盯着我，那充满震惊的脸庞上黑云密布，眼中透出无助的悲伤，她生生咽下了我抛过去的冒犯，慢慢站了起来，拖着仿佛岩石般沉重的身躯走进房间。她关上门的瞬间，我感觉仿佛整个世界都朝我关上了大门，并向我喷洒黑色的灰尘。

我逃回了我的公寓，冲上床放声大哭，汗珠鲜血般倾洒下来，我的四肢不住地颤抖，像要断掉一样。我对自己充满了厌恶，我觉得自己缩得跟老鼠一样小，被带刺的绳子牢牢捆住。那些泣血的问题在我脑海中排列开来，像是一纵队的椅子，每把椅子上都坐着同一个问题：我对母亲做了些什么？

我怎么敢如此欺侮她？我怎么敢朝她扔去那些燃烧的钉子，随后又将她一个人留下、独自承受尊严被刺伤的痛苦？

房间仿佛在缩小，那坚硬的墙壁朝我压过来，从我身上夺走了空气，沉默低吟着葬礼的旋律，使我陷入了一个无底洞，我在洞壁上看不见哪怕一个小小的孔隙，能让我穿透其中。我勉强按捺住情绪，洗了把脸，决定跑到母亲那，跪在她面前乞求她的宽恕和原宥。

我打开门正要出去，伊曼的脸出现在我面前，她冲进屋里，看来又是一场唇舌之战，而我那萎靡的气势远不能与之抗衡。只见她的双眼红肿、泪盈于睫，随即朝我抛出了愤怒的质问：

“你对你母亲做了什么？”

虽然我深知自己做得有多过火，但还是鼓足力量捍卫自己的立场道：

“母亲根本不愿意理解我。”

“那你觉得到底谁能够理解你的疯狂？费萨尔告诉我的时候我简直不敢相信。”

“你需要相信什么？他是看到我从阿提亚家里赤身裸体地出来了吗？”

“噢真主保佑……但这事很蹊跷呀。”

“我去他的家里有什么奇怪的？”

她的脸涨得通红：

“你是他的女主人，你可以让他上来找你，听你的吩咐。”

我挖苦道：

“有什么区别吗？我们在这也是两个人，在他那也是两个，如果魔鬼想来当我们中的第三者，它是不会挑选地点的。”

在她正要张嘴说些我不想听的之前，我出言威胁道：

“听着伊曼，这是我自己的事，我不允许任何人来干涉。”

面对我的愤怒，她也不甘示弱：

“这可不是你一个人的事，你没有权力搅得天翻地覆却扣在我们头上，你是疯了吗？居然要嫁给一个奴隶！这让人无法忍受！”

我挑衅道：

“我可不习惯做违背我内心的事。”

她大叫起来，双臂在我面前挥舞：

“你得遵从传统和习俗，不然人们会怎么说？”

（这就是令他们担心的问题，他们吹着气，让这些问题变成一根根带着火的弓箭，发出怒号，用巨响震慑着我们。他们把传统和习俗当作借口，用落后社会的乳房来滋养和发展它们，他们用这样的乳汁来喂养每一代，于是愚昧和恐惧就这样世代相传下去。我不会屈服于这种不公正的传承，就让世界咆哮或燃烧吧。我要过自己的生活，绝不因为人们的言论剥夺自己的权利。）

我转向伊曼：

“听我说点有用的吧……我做的决定绝不让步……他们要做什么也随便。”

我关闭了谈话的大门，伊曼灰溜溜地走了，在她走出门的时候，我看穿了她头脑中愤怒的碎碎念。

我没料到母亲会来找我，如果说她是一片天空，那我就是那颗搅得它遍体鳞伤的星星。

这片天空带着威严来到我这里，她那饱含屈辱的丧气之态，让我无比鄙视自己。我一刻也没有迟疑，扑进了她怀中，流淌下悔恨的泪水。她静静地轻拍我的后背，眼泪盈眶，像被压榨出的血珠。她哭得比我父亲去世那天还要厉害。而我受到的良心谴责，就像带着火的老式熨斗，并不可能治愈我的灼伤，相反却带来更多的烧伤。她刚一开口，声音仿佛来自心底深处般诚恳，我就意识到她不是来吵架的：

“娜迪亚听我说，我之所以失去了你父亲，那是真主的旨意。那天我又感觉到，我正因为你的顽固和头脑不清醒而慢慢失去你，你知道你像谁吗？像一个想从山顶下来，却一开始就陷入困境，站在山顶不动的人。我很担心你就这样轻易地毁了你自己。”

我终于解开了舌头上的死结：

“妈妈，这是我的生活和我的未来，你知道我过去有多惨。”

母亲气鼓鼓的，似乎耗尽了耐心：

“你要是继续胡来，会过得更惨，孩子啊，我是你妈妈，不管对你多严厉，我都始终是你妈，都始终希望你能过得好，以你逝去的父亲的名义起誓，你不要折断你生活的树枝同时也弄碎我的心。现在我根本接受不了你要嫁给阿提亚，相比之下死亡反而更轻松些，要不我死了算了。”

我走近她，抓住她的手，像一只害怕滑倒的猫，我亲吻了她，恳求道：

“母亲，我爱他，我想要他。”

她摸着我的头：

“女儿啊，爱情就像锄头，挖地时不会一锄头下去就完事了。你曾经爱过吉瓦德，后来也忘了他，总有一天你也会忘记阿提亚。同样，地也只有在耕完后，种上好庄稼的种子，锄头才不用继续一次次锄地啊。”

母亲从哪搬来了这样的哲理和这种奇怪的比喻？是她所遭遇

的灾难创造了这一切吗？还是这就是母亲的逻辑？她总是害怕死亡剥夺了她内心的愉悦。我觉得自己在她的逻辑面前，似乎被捆住了头脑和舌头，我所有的怒火都被她抚平了，于是我扑进她怀里低声说道：

“妈妈，原谅我吧，我对你太残忍了。”

母亲却认真地说道：

“是我太残忍了，我反省了自己，发现这样对你一点好处都没有，我只是给你提个建议，你是自由的。不管你是接纳我的建议也好，不听也罢，在你做出伤害自己和我们的事情之前，一定要好好想想啊。”

母亲出去了，把我留在万千思绪的风口浪尖独自面对波涛汹涌的大海。我的心因爱情而高声呼喊，我不想成为羊群中的一员，时刻畏惧着狼嚎，在这里我身处的社会将把炮口对准我，把绞刑架朝我竖起来。我陷入了迷茫，我不想让灵魂在希望的洪流中枯竭，也不想因为自己的决定，被不懂宽恕的人们和社会所淹没。

我疯了一般想见到阿提亚，我想象他缩成一团，充满了悲伤，沉浸在彷徨中找寻一个上上之策，好保护我们免受我家人和社会的非难。我拿起电话话筒，打电话让他来拯救我的灵魂。

当他进来的时候，仿佛强风吹拂，把我从他身边吹走，当我靠近他时，又仿佛有风将他吹离我身边。但我们巧妙地占了上风，我们拥抱，我们亲吻，最后我们坐在沙发上，那个地方仍回荡着母亲的劝告。阿提亚心神不宁、神思游离，他还没有恢复平静，悲伤摧毁了他的心，也穿透了我的心脏。一片无言的沉默在我们之间蔓延。

“阿提亚，我们接下来怎么办？”

我以为这时候阿提亚会从他奴性的洞穴中爬出来，举起他的剑来捍卫我们俩的心，但他说出的话却让我难过：

“我们不应该和你的家人作对。”

他继续说着让我伤心的话，犹如一把剑插入了我的心脏：

“他们比我们更厉害。”

恐惧从我全身各处油然升起：

“阿提亚，你已经俘获了我的心，却要抛弃我吗？”

他的脸庞闪过一丝屈辱，随后他的低语击中了我心中的迷恋：

“我不在乎他们的眼光……为了我们的爱情和生活，我希望我们能获胜。”

他像生活在痛苦的现实中，尽管他的脑子比我的脑子强，却被人灌输了令人失望的哲学：

“即便你可以我也不行，现在我在他们眼中就是个恶人，一条被主人照顾、喂食、教育却反咬她一口的狗。”

“不要投降，不要折断我的桨。”

“我们处在一个冷漠无情的社会。”

我感受到了阿提亚的无力，他固执地逃回奴隶身份的洞穴中避难，他举起投降的白旗，我又怎么能依靠阿提亚为我拔剑击退他们的种种攻势呢？他的爱在何方？

我哭了：

“你根本不爱我。”

他朝我伏过来，低头埋进我的双膝间，恳求道：

“求求你，别说这样的话。你知道我有多么崇拜你。”

我紧紧抓住他的头发，抬起他的头，将我的愤怒倾盆泼下：

“那你为什么要抛弃我？”

“你了解我的……我会给你带来不幸，你母亲……”

他把话咽了下去，我一直盯着他，想要探查他的内心深处，突然我心里涌上一丝怀疑：母亲是不是又闯进了他的公寓，拧下了他尊严的脖颈，用她的尖牙利嘴碾碎了他的梦想？母亲这样做，是不想让女儿昔日的奴隶，如今变成她的主人。她不能直面我的顽固和气势，便转向了软弱可欺的阿提亚。她强迫他抢先开口并疏远我，也许正是因为这个原因，她才对我服了软，来找我示好。她看上去如此平静，是因为她早已跟哥哥合计好了，他们放弃我，转而对阿提亚发起了攻势。我想要确认，便佯装生气地说道：

“所以是我母亲吧？”

他支支吾吾地应着，我大为光火，把他从我怀里推得远远的，从沙发上站了起来，像一座塞满火药的大炮：

“你这个胆小鬼……就像个从战场上独自逃命的弃兵，只留我一个人成为他们唇枪舌剑的猎物。如果你真如你所说的那么崇拜我，你为什么要抛弃你的‘女神’？”

他无言以对，只是一味地接受着我的怒火，他的眼睛睁大了，在眼眶里打着转，似乎在暗示着从此笑意将在那消散而眼泪会取而代之。我顿时沉默了下来，为我对他的残忍感到愧疚，我看不得他带着破碎的灵魂和被折断的双翼站在我面前，我低下头埋进他怀里，像一条忠诚的小狗开始摇尾乞怜。而我的内心却在大声抗议着："为什么真主要让你成为奴隶而让我成为女主人？哪儿才有公正的阳光照耀着主人和奴隶，没有分离和迫害？"

"啊阿提亚……啊……不要折磨我。"

我在眼泪中呻吟着，他的手掌穿梭在我的发间，仿佛想要耕遍这块地方，好让它早早地生长，不要汲取那些陈旧的遗留、那些丑恶和被扭曲的思想。

我们处在爱情的时刻，仿佛翱翔在天堂，也只有这样的时刻，才能让我们获得救赎。我们躺在地毯上，他开始舔舐我的泪水，他的双唇在我的唇间找寻安顿之处，我放飞了我的身体，让它被点燃、让它熊熊燃烧，我想让它熔化那个始终驻守在边界的铁环，我想让他进入我的身体，像初夜那样占有我。但他在关键时刻忍住了，停了下来，我用不乏恐惧和警觉的眼神盯着他，他的灵魂已失去所有梦想，开始覆灭。

我呆在自己的公寓里，把自己和家人们那可憎的脸庞隔绝开来。我又陷入了空虚的沉默和黑暗中，在那片黑暗里我只能看到阿提亚黝黑又熟悉的脸庞，像是破碎的太阳般散发着微弱的光芒。我跟他说话，向他灌输叛逆与力量，我让他以爱我之名发誓，我求他不要抛弃我，让我像一只弱小的绵羊，陷入被宰杀被剥皮的危险之中。但是他带着一种被强迫的顽固，继续着他的投降，于是我也愈发顽固起来，大喊道："我会抗争到最后一口气的。"

那些沉默的时间因我纷杂的想法变得嘈杂，而夜晚的梦则变成了充满各种武器的喧嚣的战场。梦里，魔鬼和毒蛇向我扑来，我手无寸铁，只有一颗被阿提亚牢牢驻扎的心。

我奋战着，为了他也为了自己，我找寻下水道好让我能从中逃走，或是可以让我停靠的河岸，保护我免受那窒息的邪恶。我站在孤立无援的转弯处，空无一物，只有狂风的怒号。突然间我瞥见一扇窗户，我打碎了窗玻璃，看到了老朋友们的脸庞，她们曾跟我有类似的遭遇，但我并不知道她们的结局如何。这时萨法的脸跃然眼前，我还记得她挑战社会，打破固有观念时引起的轰动，最后她的心获得了胜利，她跟她的司机结婚了。我决定去找她了解下情况，她现在过得如何？她是否还为自己的胜利感到骄傲并建立了幸福的家庭？我最大的好奇是，她和她丈夫之间的身份差异是否早已烟消云散，亦或领导者和被领导者这种关系仍如幽灵般如影随形？

一大早我便联系了旧同事，从她那要到了萨法的电话号和住址，随后便去找她了。当看到她住在狭小逼仄的公寓里，四个孩子穿着廉价的衣服时，我大吃一惊。我期待看到的萨法，是个优雅苗条、脸庞洋溢着幸福与乐观的女士，可我失望了，站在我眼前的是一个肥胖的妇女，脸颊像枯萎的花般毫无血色，我不想去胡乱猜测，她解释说，她是为了家庭和孩子拼命干活，不小心撞在了墙上弄成现在这样。

我们喝着果汁，她不住地羡慕道：

“你还保持着美丽和苗条啊！”

我正要搭话，她又抢先说道：

“那老头儿死后，你肯定没再结婚了。”

她给了我插话的机会，于是我接道：

“如果我结婚了，难道我的样貌还会变吗？”

她忍不住笑起来，可笑得比哭还难听：

“仅仅是你的样貌？不，你的灵魂、你的梦想，你生活的一切，都会变的。”

“哎呀！你让我开始害怕婚姻了。”

她看起来神色严肃，竖起指头，像在警告我：

“也并不是每段婚姻。”

“你什么意思？”

“我指的是那种不平等的婚姻，当这段婚姻违背了家人的意愿和这个社会的保守。”

“如果有爱情，就没什么好怕的。你不是仍然和你爱的男人生活在一起吗，你还为了他跟全世界宣战。”

她面露厌恶之色，摸了摸她那被生活击溃的脸庞：

“只是个老太婆罢了……没有爱情也没有……西瓜，只有当锄头落在自己头上之后，我们才会发现这全是废话。”

她拉长了叹息，而她的声音里仿佛充斥着整个世界的悲伤：

“我是多么不幸啊！”

她还在自说自话而我却无法相信：

“当奴仆变成主人，不幸就开始了。他会从第一夜就开始为自己报仇，你想象一下，他并没有轻言细语地说些情话，而是咬着我的耳垂往里吹气：说，叫我主人……叫我王子……，曾几何时他总是奔跑着前来响应我的命令，而现在却让我，匍匐在他面前听他差遣。有一次他把车钥匙一把扔开，然后问我记不记得曾经多少次把钥匙甩在了他脸上。他报仇的方式可多着呐，比如每天晚上睡觉前，他会强迫我弯下身为他按摩双脚，看到我受辱却无法反抗的样子，他眼中闪过幸灾乐祸的神色。娜迪亚，我可以不怕羞耻地跟你说，有天晚上，我们正来了兴致，我兴致勃勃地爬到他身上，他却大发雷霆把我一把推开，让我顿时兴致全无，他还羞辱我道：我才是主人，我该在‘上面’，而你在‘下面’。不仅这样，你知道他又拿着我的钱做了什么吗，现在除了他施舍给我的，我身无分文，他强迫我把总代理公司给了他，卖掉了那里所有属于我的东西，然后在他的家乡给他家人买房买别墅，我在那就像前去打扰的陌生人。而这些，跟他对我精神上的侮辱，还有各种各样尊严上的践踏比起来，都算小菜一碟了。你根本想象不到，被这样一个极度傲慢的人长期压迫是什么样的感觉。他一有机会做主人，就会用各种独裁专制的手段来报复我。跟你曾经的奴仆一起生活，哪怕你之前只当了他一天的主人，都是无法忍受的。”

“那又是什么让你还留在他身边？”

“有两个原因，一个比一个更难。首先，孩子们，他们是最令人头疼的。以后等你当了母亲，你就明白你会为他们牺牲多少、忍受多少了。第二，是害怕家人和社会的幸灾乐祸，我的家人可没有忘记我们带给他们的耻辱，他们一直等着我们失败的时候，好跳出来兴奋地看笑话，至于社会，我们的失败将变成他们的谈资和论据，用来作为反面教材，给所有试图跳出世俗和传统束缚的人看！”

我很难过，有种心碎的感觉，仿佛她的屈辱在我心灵上也刻下了许多伤痕。我像在自言自语般轻声说道：

“我还以为你赢得了胜利。”

“我们的确是尝到了胜利的滋味，但却没有意识到，这样的胜利是缺乏理智的，这一切直到我们掉进深渊时才幡然醒悟。这样的故事太多了，让我跟你讲讲谁呢？你记得巴西娅吗？”

我揉揉额头：

“啊，是那个我们曾经嫉妒过的美人，上大学的时候，老师总是特别器重她。”

“她也生活在不幸中。她嫁了个异教派的黎巴嫩人，那人禁止她探访家人，甚至看电视时，也不准她打开科威特频道。她给我写过一封长达十页的信，里面讲述了她遭受的各种折磨和屈辱。你能想象那样一个曾经只穿超过三百第纳尔衣裙的娇小姐，变成了一个一捆捆买衣服的人吗？他侵占了妻子所有的财产，用去填补他的穷窟窿，现在他穿着昂贵的世界名牌。还有信仰基督教的艾玛伦，你还记得她吗？她违抗了父母的意愿嫁给了一个科威特人，他也让她吃尽了苦头。他娶了她，可当她没有俯首帖耳时，他立马休了她，甚至连孩子也不准她去看。这些心狠手辣的男人啊，每个都是狗娘养的。”

我反对道：

“每条规则都有例外。”

“例外是少数。比如萨勒玛，她还和她那巴勒斯坦丈夫幸福地生活着，如果你看见他对她是如何毕恭毕敬、如何关怀备至，甚至连飞翔的鸟儿，他也怕它们伤害到她，那些曾经反对他们婚姻的家人，如今也都很喜欢他，他们简直像是泡在蜜里的黄油。”

从她家里出来后，我充满了恐惧和焦虑。阿提亚也会变得像我听说的那些男人们一样吗？我们的爱情也会从怜惜变成复仇，从感同身受变成践踏尊严吗？那样的威力是从何而来？是从突如其来的主权还是伪装情感来行骗的内心？是从男人所特有的邪恶的智慧还是从女人过度的愚蠢？因为她们总是过度地宣扬自己的情感，到了被人轻视的程度？

难道没有女人能够在情感和尊严之间创造平衡吗？

尽管我听到的消息伤害了我，但我还是决定不要被它影响，每个人都有自己独特的经历，我有权体验我自己那份，并认真活在其中，不管我是在欣赏池塘还是淹没在一潭臭水里，都是一样的。我都应该对这两种情况负责，并把它当作我正在经历的命运。我不能因为仅仅听了些故事，就被它们挑拨了神经、影响了思维，就让猜忌这种恶劣的行为，掠夺了我对阿提亚的信心，我明明是如此了解他的忠心与诚实。

我坚持我的决定，我要抗争到最后一口气。但是疑问溢了出来，像洪水一般将我淹没：阿提亚能够像我一样坚持抵抗，还是会屈服于我家人强加给他的命令？他并没有详细跟我说过他们到底对他用了什么方法，以至于让他改变了立场，说什么“你不该和你家人对着干”。但我坚信，他们还不至于诉诸武力和棍棒，毕竟他们不是阿拉伯侨民，要恐吓他离开我们国家，他们也不是贝都因人，会精心策划一起针对他的阴谋，让他明明无罪却被送进牢里。阿提亚是科威特人，他在他们眼中是个奴隶，也是奴隶的儿子。所以他们一定采取了这样的策略，唤醒他的豪爽与男子气概，利用他善良的内心、高贵的品德，以及他对我的爱，让他保全他们免受人们的闲言碎语。而且我的母亲，必定又哭着请求他，也许还放下了她的傲慢，亲吻了他的双手，让他拒绝我的决定。

啊……阿提亚，我难道该相信你会和我的家人连成一气吗！你会补齐他们的内心碎片而打碎我的心吗？当我走进电梯，踌躇不定地站在那时，我的身体躁动不安，头脑也犹豫不决，不知道该按哪一层，我该按一还是按六呢？我该去敲他的门，告诉他萨法的故事来摆脱我满满的心事，还是打开自己家的大门，先拖着沉重的身躯去床上稍作休息再去找他？我的心里装满了他的眼泪和他无声的痛苦，我一会儿想起我们过去那些日日夜夜的亲密和我们所体会到的爱的乐趣，一会儿又看到弥漫着黑暗的现实，正警告着我那些美好的梦境即将烟消云散。

我发现我的手指不由自主滑向了数字一，随后按了下去，它带我来到了阿提亚的公寓门前。我的心无比沉重，充满了忧虑和迷茫，只有享受阿提亚双臂间爱的时刻，我才能消除践踏在身体上的沉重铁蹄，而我的身体，就像一具空荡荡的尸体般毫无灵魂。

他打开了门，发现是我，他很慌乱，面部也战栗起来，他探出半截身体，然后缩小了门开的缝隙，我抱怨似地看着他，不安地说道：

“你不准备让我进去吗？”

他想要逃避，便推脱道：

“现在屋里一团乱，我正在打扫呢。”

我察觉到他在撒谎，便推开他，拉开房门走了进去，公寓里一片宁静、井井有条，一切都是原样，除了码在地上的一大堆包裹。这个场景像打了我一记耳光，让我瞬间失了魂魄：

“阿提亚，这是什么？”

他组织着语言，随后艰难发声了：

“如你所见……我决定离开了。”

铺天盖地的挫败感令我大哭起来：

“你要去哪儿？”

“天大地大，真主的土地宽阔无边。”

我尖叫起来，好像我的坟墓在我面前打开了：

“没有我在的地方也会宽阔无边吗？它将变成你内心的坟墓、你梦想的陵园！”

我眼泪磅礴地冲向他，恳求他不要这么快就屈服。我等着他同情我，然后答应我留下，拯救此刻置身水火中的我。但他灰心丧气地低声说道：

“我没有可以用来保护你和保护我自己的东西，我必须得离开了。”

我坚持说道：

“那我和你一起走。我们把这个地方留给他们，总会有个富有同情心的地方伸手接纳我们，让我们靠岸。”

他把身体从我怀中挣脱出来，开始抽泣，我忍受不了那种悲伤，便紧贴着他的后背，用双臂环抱住他的腰，也开始啜泣起来，我发自心底不住地呻吟、不住地呼唤：

“求求你……可怜可怜我吧……”

他向我转过身来，我听见他低声啜泣着，哀求道：

“是我求求你……我是为了你好才要离开你。”

我结结巴巴、抽抽搭搭地请求道：

“不要砸碎我的心……不要让我死去……不……不……不……”

我从他双手间挣脱出去，空气中好像散播着病菌和毒气，驱使我朝那堆积的包裹扑了过去，我把它们撕得稀巴烂，掏出里面的东西四处抛撒，还一边大喊大叫，嚎啕大哭。我一会儿冲进他的怀抱，一会儿又匍匐在他脚下，像一只被火海包围的脆弱的蝴蝶，寻找着一个逃生之处。而他就像一个迷惑的神灵，试着聚集我的碎片，让我的翅膀重新获得那奇妙的色彩，让我的灵魂也重新跳动。他抱起我充满欲望的身体，带着我冲进了他的卧室，他把我放在床上然后离开了。我感觉自己仿佛睡在天堂之草做成的枕头上。啊，我曾多么渴望能在这张我亲自挑选的床上、在我亲手铺的紫色床单上翻滚。

他拿着一杯水回来了，喂我喝下一口，又抹了一把水在我被泪水覆盖的脸上。他坐在我旁边的地上，头倚靠着我细长的手臂，他的手在我那失去神采的脸上游走，就是他，让我变成了一具悲伤的行尸走肉。随后他靠近我，用他的双唇润湿了我干枯的唇间，然后在上面描绘出他的爱与悲伤的形状，他没说只言片语也没抛出任何承诺，譬如他会收回他的决定，即便这些话也如肥皂泡一般脆弱。一片死寂笼罩着我们，就像炎热的沙漠般蔓延开来，无边无际。沉默卡在我们喉咙的褶皱中，而我们心中早已翻江倒海。我在自己的炼狱中，等着他吐露出一句话“我会留下”，但我听见他极力控制着语气，低声说道：

“你现在上楼回你的公寓，明天早上我去找你。”

他是想先给我希望，让我听他的话，放松警惕，然后在“明天早上去找我”前就溜走吗?

我也想给他个希望：

“明天我会让母亲和哥哥都接受我的决定，阿提亚我不会让你被赶走。”

他没出声，就像舌头已经失去了说话的能力，我劝自己忍一忍，向门口走去，一路上我踩到了他各种零零散散的东西，我多想有一座坟墓能打开，把它们都吞进去。在我开门之前，我把双唇紧紧塞入他的唇间，尽管一股新手的气息从缝隙中飘了出来，但我仍感觉到了他唾液中的苦涩，我在他耳畔低语道：

“我留你一个人好好想想。”

我打开门，感觉门缝好窄，连我的一根指尖也容纳不下，但我还是从缝隙中溜了出去，像一条虫从老旧大门的裂口钻了出去。

阿提亚的气味如影随形，深深刻在我每一处血液中。他的味道在我公寓里飘散，附在砖上，躺在沙发上，挂在灯上和画幅上，停留在植物的枝干上和鸟笼上。我在这股味道里起伏，而它也在我身上涌动，它一直跟随着我，连床上也不例外，还在我枕头上绘出了阿提亚的脸。我试图抓住哪怕是一片羽毛的希望，把它放到我的心里，像电风扇般轻轻吹拂我的心，也吹走那些绝望的点点滴滴。

我躺在床上，浑身发抖，感觉到一阵薄薄的被子无法抵御的寒冷。我缩成一团，想从身体的寒冰中找到一束迷途的火焰，希望它能温暖我，带我进入死后的天堂，但是在我思绪混乱的头脑中激烈的沙沙声熄灭了任何敢于靠近我的火焰。

在我纷繁的思绪和想象中，有一个问题始终如影随形："阿提亚会否认我的爱，然后抛弃我吗？"这个疯狂的问题蛰咬着我，于是我决定今晚绝不要和他分开，我没有力气继续忍耐他正在做的一切，如果这个夜晚帮助了他隐藏行踪，偷偷逃跑，那么我会报复回来。我拿起了话筒，电话那头传来他的声音，像是遥远的空地传来的回声。我用一种故作命令般的口吻对他说道：

"现在上楼来，否则我就自杀。"

他闪电般地来了，我没有给他坐下的机会，我用双臂环绕着他，带他进了我的卧室，躺在床上，这张见证了我无数个清醒梦境的床，梦中我曾是那么爱他。我们紧贴着躺了下来，两个人互相传递着体温。我们都希望释放出所有夜晚的能量，好采摘下我们的愿望，让我们不要分开。

他现在就在我的床上，在我的双手之间，不是幻想，而是有血有肉、有心脏跳动的鲜活男人。我和他充满快乐和爱意地做了我在清醒梦境中经常做的事情，他的手指像由勒金制作的犁一般，噬咬着我身体的土壤，他的双手揉着我的胸部，他的牙齿咬着我的乳头，我感觉它们逐渐变大且肿胀了起来，我迸发出痛苦与快乐交杂的呻吟，我兴奋地引诱他靠近我的私密之处，在老头儿的宫殿中他曾长驱而入，也许他会在我的子宫里播撒下种子，让“生米煮成熟饭”，我们正好能借助它去面对我那冥顽不化的家人，也许这会在温暖中穿透荆棘，直达他们内心，让他们败下阵来，但是阿提亚还是跟上次一样跟我保持着最后的距离，这令我迷惑不已：难道是老头儿的幽灵尾随着他，他还在畏惧着老头儿的皮鞭！还是因为他想让我保持纯洁，就像他的爱情一样毫无杂质？

我们放松了身体，稍作休息，我的头埋在他胸前的干草丛中，他柔软的手指怜惜地抚摸着我的头发，我感到一阵困意袭来，顿时眼皮沉沉。我不知道睡了多久，直到在他的亲吻中醒来，他的吻一个接着一个，像溪流一般在我的双颊游走。他起身穿上衣服，我不安地问道：

“你要去哪儿？”

“我想让你好好睡一觉。”

我固执地说道：

“我不会让你走的，你今晚要在我这过夜。”

他坐在床边，声音里饱含柔情：

“娜迪亚，听我说，我可以跟你家人作对，留下来，我也可以跟全世界为敌，但是……”

他吞吞吐吐，接下来说出的话像火炭一样蛰痛了我：

“我不能娶你。”

我又着急，又讶异，声音里充满了泪水：

“阿提亚，我要相信你说的话吗？尽管你爱我这么深，但还是要拒绝我？”

“求求你，不要质疑我的爱，我真的很希望能那样，这是我莫大的荣耀，但是我有我自己的原因。”

“我有权知道原因。”

他不情愿地摇了摇头：

“难……太难了……”

他的烦躁不安动摇了我的坚持，但为了听到他的坦白，我还是假意承诺道：

“我向你承诺，如果你的理由说服了我，那我就同意让你离开。”

他垂下头，起身站起，像一个帕金森患者：

“在宫殿里的那晚，将一直是障碍。”

我大叫起来：

“但我已经忘了，阿提亚，我已经原谅你了。”

他咆哮起来，像被人扇了耳光、吐了唾沫：

“你已经忘了，但我忘不了，我也没法原谅我自己。每当我靠近你，你都像是在控诉……”

我努力试着为他开脱：

“也许结婚的话，这种情况就会消失了。”

“求求你，别再折磨我了，我要走了，否则自杀的人就是我了。”

我站在那，哑口无言，我的眼中充满了滚烫的泪珠，我的四肢松软，像被注射了麻醉剂。我注视着他修长挺拔的身形，像是一棵古老的橡树，能让无数麻雀和溪流藏身其中，它守护着我，浇灌着我，我牢牢盘踞在它的中心，现在又怎么能跟它分离？像阿提亚这样的男人，不容我错过。我盯着他含泪的双眼，那儿蕴含着千言万语来压制住它的狼狈，但我感觉到它散落在我身上，如同无数的亲吻与雨滴。

他朝我弯下身来，悲伤沉甸甸地压着他，他用充满寒意的被子将我盖住，动作是那么轻柔，仿佛怕它刺伤了我的肌肤，然后他俯身亲吻了我，那些吻是如此甜蜜，似乎暗示着这是最后的亲吻。当他起身出去，我听见他双脚在地上摩擦，就像迈向坟墓般凝重。他身上那令我喜爱的味道也离开了他，转而倾注在我身上，像一股暖流，穿破了我的肋骨，并像乙烯一样四处散播开来。我起来，紧贴着他，抱着他，试图挽留他，但他还是朝前走，带着我走到了公寓门口，他刚要转动门把手，沉睡的鸟儿们突然叫了起来，它们的鸣叫无比高亢，夹杂着悲伤与不祥之兆，就像是我的内心，呼唤着他，求他不要熄灭我们的太阳，熄灭我们心中的光芒。

我紧贴着他的领口，声音中透露出虚弱：

“求求你，亲爱的，不要抛下我，我们可以不结婚，但请你为了我留下来。阿提亚，我承受不了跟你分开。”

我啜泣着，他咬着我的双唇，他的眼泪泼洒在我的脸颊，他那甜美的低语声钻进我的耳朵：

“啊，亲爱的，希望我能。”

他艰难地挣脱开我的双臂，逃一般冲下了楼，只留下我的心在原地。

我舔舐着悲伤，我那破碎的灵魂随他而去了，只听它低语道：

“哎，阿提亚……尽管我吃了那么多苦，可我还是多么羡慕你啊，你现在是自由的主人了，可以像英勇的骑士一样自己拿主意，而我，仍旧是奴隶，弱小得只能躲在家里，等待着谁给我一张释放证。”

2004—2005 年，于科威特及萨那。